덤불 속 꾀꼬리·키재기

일본 근대 최초
여성 작가 대표작

덤불 속 꾀꼬리 · 키재기

藪の鶯・たけくらべ

미야케 가호 · 히구치 이치요 지음

이상경 옮김

연암서가

옮긴이 이상경

일본 릿쿄대학에서 학사와 석사과정을 마치고, 다이쇼대학에서 박사과정을 마친 후「『源氏物語』の人物造形」으로 문학박사 학위를 받았다. 덕성여자대학교 인문대 학장을 역임했고, 현재 일어일문학과 교수로 재직 중이다.

저·역서로는『源氏物語の人物世界』(제이앤씨),『겐지모노가타리의 사랑과 자연』(제이앤씨),『종교를 알아야 일본을 안다: 일본 종교의 100가지 상식』(철학과현실사),『키재기』(생각의나무),『오층탑』,『연환기』(연암서가) 등이 있으며, 연구 논문으로는「『源氏物語』研究」,「『伊勢物語』研究」,「『落窪物語』研究」, 幸田露伴의「『五重塔』研究」,「『連環記』研究」외 다수가 있다.

덤불 속 꾀꼬리·키재기

2021년 12월 20일 초판 1쇄 인쇄
2021년 12월 25일 초판 1쇄 발행

지은이 ┃ 미야케 가호·히구치 이치요
옮긴이 ┃ 이상경
펴낸이 ┃ 권오상
펴낸곳 ┃ 연암서가

등록 ┃ 2007년 10월 8일(제396-2007-00107호)
주소 ┃ 경기도 고양시 일산서구 호수로 896, 402-1101
전화 ┃ 031-907-3010
팩스 ┃ 031-912-3012
이메일 ┃ yeonamseoga@naver.com

ISBN 979-11-6087-090-9 03830
값 12,000원

역자의 말

오늘날 우리는 페미니즘이라는 말에 익숙해져 있다. 그러나 미야케 가호(三宅花圃, 1868~1943)와 그 후배 히구치 이치요(樋口一葉, 1872~1896)가 살았던 근대 초는 아직 여성의 권리가 자리 잡지 못한 시대였다. 그런 가운데서 그들은 여성의 삶을 정면으로 직시하며 여성 소설가로서의 길을 개척했다. 천 년 전 헤이안 시대(794~1192)의 위대한 여성 작가 무라사키 시키부(紫式部)와 세이 쇼나곤(淸少納言)을 비롯한 여류문학 작가들이 활약한 이래, 막부시대의 긴 격절을 거치며 완전히 황폐해 사라졌던 그 길을 대략 800년 만에 새롭게 다시 연 것이다. 근대 최초 여류문학의 부활이라는 점에서 그 역사적 의의가 결코 작다 할 수 없다.

미야케 가호와 히구치 이치요는 나카지마 우타코(中島歌子, 1845~1903)의 '하기노샤(萩の舍: 싸리 집)'에서 선후배로 만났다. '하기노샤'에는 메이지(明治) 시대의 상류층 자녀들이 모여 와카(和歌: 일본의 전통적 시조)와 고전 문학, 서도 등을 배우고 있었는데 그중에서 이 둘은 가장 우수한 학생으로 주목받았다.

가호는 외교관인 아버지 덕분에 문명개화라고 불리던 서양문화를 마음껏 익히며 경제적으로도 유복하였다. 그러나 아버지의 화려한 생활로 인해 요절한 오빠의 일주기 제사 비용도 마련하지 못하자, 소설을 써서 비용을 벌겠다는 생각을 한다. 때마침 쓰보우치 쇼요(坪內逍遙)의 『당세 서생 기질(当世書生氣質: 도세이 쇼세이 카타기)』을 읽고 자신도 쓸 수 있겠다는 생각으로 도전하여 『덤불 속 꾀꼬리(藪の鶯: 야부노 우구이스)』를 써냈다. 이것이 여성에 의한 최초의 근대소설이다. 여학생에 의한 여학생들의 이야기는 당시의 서구화 및 여성해방운동 등과 맞물려 큰 호응을 얻으면서 젊은 여성들에게 소설가로서의 자립이라는 희망을 주기도 했다.

이치요도 아버지가 사망한 후 경제적 어려움을 겪고 있었는데 가호의 성공을 보고 자극받아 소설을 쓰겠다 결심한다. 가호는 출판에 어려움을 겪고 있던 이치요에게 직접 출판사까지 소개하며 소설가로서의 길을 열어 주었다.

'하기노샤'에서 배우는 동안 가장 우수했던 두 사람인 가호와 이치요는 서로를 인정하면서도 자존심 겨루기를 하듯 라이벌 의식도 있었던 듯하지만, 여성들의 권리가 제대로 인정받지 못하던 시대에 자매애를 발휘하여 여성 소설가의 길을 함께 걷기 시작한 깊은 인연이 있다. 둘을 함께 묶어서 소개한 이유이다.

은사인 나카지마 우타코는 '하기노샤'의 후계자로 이치요를 생각하였으나 이치요의 병이 깊어 포기했으며, 나카지마 우타코 자신도 병이 깊어 1901년에 설립된 일본여자대학의 와카 교수로 갈 수 없게 되자 가호가 그 후임으로 가게 되는 등, '하기노샤'에서 맺은 은사와 두 제자의 인연은 죽는 순간까지도 이어졌다. 직업여성으로서의 길을 사제가 함께 개척하였다고 그 의미를 부여할 수 있다.

가호의 첫 작품인 『덤불 속 꾀꼬리』는 기숙사에 사는 여학생들의 밝고 쾌활한 이야기를 중심으로 당시 여성들의 서양, 사랑, 학문, 자립 등에 관한 의식과 희망을 엿볼 수 있는 반면에, 이치요 말년의 작품인 『키재기(たけくらべ: 다케쿠라베)』는 유곽 동네에 사는 사춘기 소년 소녀들의 순수한 모습을 통해 하류층 서민들의, 그중에서도 특히 나약한 여성들의 삶이 사회의 제약에서 벗어나기 힘든 것임을 뼈아프게 그려

낸다. 이렇듯 삶의 배경은 다를지라도 두 작품 모두 가정의 경제를 책임진 여성 작가가 여성의 삶을 통찰한다는 점에서 당시 사회에 적지 않은 영향을 끼쳤다고 볼 수 있다.『덤불 속 꾀꼬리』는 국내에 처음 번역 소개되는 것이고, 『키재기』는 2002년 국내에 처음 번역 출판했던 것을 이번에 다시 손질해 내놓는다.

일본의 서양화, 근대화라고 하는 시기는 그 역사를 송두리째 바꾸는 격동의 시대였다. 가호와 이치요의 대표작을 통해 여성의 삶에 대해 많은 고민을 하며 새 시대를 개척한 일본 여성 작가들의 당찬 음성을 들을 수 있을 것이다.

이 작품의 출판을 흔쾌히 맡아 주신 연암서가의 권오상 대표님께 깊이 감사드린다.

2021년 가을
이상경

차례

역자의 말 __5

덤불 속 꾀꼬리

제1회 신년연회(新年宴會) __15

제2회 과부와 연하남 __22

제3회 양벽가(洋癖家) 시노하라(篠原) __32

제4회 마쓰시마(松島) 남매 __37

제5회 미야자키(宮崎) 댁에서 __44

제6회 여학교 기숙사 __50

제7회 도락시대(道樂時代) __62

제8회 부인의 미덕 __68

제9회 신쿄로(新橋樓) 밀회 __77

제10회 사달 난 관계 __83

제11회 선남선녀 __92

제12회 고요칸(紅葉館)의 축하연 __101

**작품해설: 일본 근대 최초의 여성 작가가 쓴 여학생에 의한
여학생들의 이야기 __107**

미야케 가호 연보 __111

키재기

1. 다이온지 앞 __117

2. 조키치와 신뇨 __128

3. 미도리와 아이들 __136

4. 아이들의 결전 준비 __142

5. 한판 붙는 옆동네와 앞동네 __149

6. 결전 다음 날, 미도리와 쇼타로 __156

7. 신뇨와 미도리 __164

8. 유곽의 아이 미도리 __170

9. 용화사 아들 신뇨 __179

10. 결전의 뒤, 그리고 __185

11. 여자애와 남자애 __191

12. 이상한 두근거림 __196

13. 공연히 마음은 끌리는데 __201

14. 쇼타로와 미도리 __206

15. 이상한 미도리 __212

16. 다들 어찌 될지 __217

작품해설: 한 송이 해맑은 연꽃의 매력 __222

히구치 이치요 연보 __232

일러두기

• 저자의 원주는 그대로, 원주에 역자가 첨가한 주에는 ∗표를, 역자가 붙인 주에
 는 ∗∗표를 달았다.

• 각 회별 소제목과 등장인물은 원작에는 없는 것으로, 독자의 이해를 돕기 위
 해 역자가 붙였다.

• 판본『덤불 속 꾀꼬리』:『日本の文学 77 名作集(一)』中央公論社, 1970년 7월
 5일 초판 발행.

• 판본『키재기』:『樋口一葉集』日本近代文學大系8 角川書店, 1978년 5월 30
 일 재판 발행.

덤불 속 꾀꼬리

藪の鶯

제1회 신년연회(新年宴會)

제2회 과부와 연하남

제3회 양벽가(洋癖家) 시노하라(篠原)

제4회 마쓰시마(松島) 남매

제5회 미야자키(宮崎) 댁에서

제6회 여학교 기숙사

제7회 도락시대(道樂時代)

제8회 부인의 미덕

제9회 신쿄로(新橋樓) 밀회

제10회 사달 난 관계

제11회 선남선녀

제12회 고요칸(紅葉館)의 축하연

제1회

신년연회(新年宴會)

[남자(사이토(齋藤)) /여1(시노하라 하마코(篠原浜子))−18세 정도 /여2(핫토리 나미코(服部浪子))−16세 정도 /미야자키 이치로(宮崎一郎)]

남자 "아하하하. 이 투 레이디스는 파트너만 좋아하고 나 같은 것과 춤을 추면 야회(夜會)에 온 기분이 들지 않는다고 하시니."

여자1 "아니, 아니에요. 그렇지는 않은데, 그쪽 분하고 춤을 추면 무턱대고 돌려대기만 하시니까… 어지러울 것 같아서요. 양해를 구한 거죠."

남자 "아직 왈츠 상대를 못 정했다면 부탁해도 될까요?"라며 예쁘게 꾸민 프로그램을 꺼내어 이름을 적어 놓는다.

남자 "그럼 이따가 라도."라며 이 남자는 답무(踏舞)를 하는 쪽으로 간다. 이어서 많은 아가씨들이 모두 그쪽으로 가고 난 후에 남은 아까 그 두 명의 여성.

여자1 "저기, 지금 그분 알아요?"

여자2 "네, 저분은 사이토(齋藤)상[1]이라고 하는데, 집에도 왔었어요."

여자1 "어머나 그랬어요? 나는 요전 연습 때 그 이름을 처음 알았어요. 원래부터 자주 보던 분이었지만, 뭐랄까 좀 가벼운 분이죠. 게다가 웃는 소리 같은 게 어이없이 크고 이상한 분이세요."

여자2 "그래도 저분은 학식도 있으시고 성격도 서글서글한 좋은 분이세요."

서로 이야기하는 이 두 아가씨는 군집해있는 많은 아가씨들 중에서도 한층 두드러지게 눈에 띄는 인물. 우선 세세하게 평을 해 본다면, 한 명은 열여섯 정도로 살결이 희고 눈이 크고, 붉은 입술은 꾹 다물었지만 거칠진 않다. 뺨 부근에는

---

1 ** さん : '-씨'에 해당하는 호칭이나, 남녀노소 모두에게 사용되는 점잖은 중립적 말. 한국어 '씨'와는 어감이 많이 달라 이 일본어 호칭을 그대로 사용한다.

자연스럽게 애교가 있어서 남의 사랑을 끄는 느낌. 머리에 장식한 장미꽃도 전혀 부끄러워하지 않는다. 허리는 그다지 가늘지 않으나 양장 차림은 익숙해 보인다. 하지만 좀 고개를 숙이고 조심스러워하듯 보이는 게 또 한층 분위기가 있다. 복숭아색 비단의 양장을 입고 이따금 술이 늘어진 부채로 가슴팍 부근을 부채질하고 있다.

옆에 앉아있는 것은 지금 말한 아가씨에 비하면 두 살 정도 더 먹었을까. 코가 높고 눈썹이 진하고 눈은 좀 가는 편이다. 항상 하녀에게는 건강을 해친다 어쩐다 하면서 말리는, 그 납분(鉛粉)[2] 같은 것도 몰래 사용하고 있는 것이겠지. 유난히 살결이 희고 머리는 목덜미에서부터 둘둘 말아 올린 이보지리말이(疣笔卷)[3]에 꼭대기는 은행잎 모양(銀杏返し)[4]으로 틀어 붙이고, 마구 자른 앞머리는 똬리를 틀 듯 말아서 붉은 색을 띠고 있다. 엷은 갈색의 서양식 양장에 구슬이 많이 달린 것을 입고, 좀 꽉 끼어 보이긴 하지만 허리는 끊어질 듯

---

2 * 납분(鉛粉): 얼굴에 바르던 흰 분인데, 납중독을 일으키는 일도 있어서 일본에서는 1934년에 납을 사용한 흰 분의 제조가 금지되었다.

3 이보지리말이(疣笔卷): 앞머리를 당겨서 뒷머리를 둘둘 말아 올리는 머리 모양으로, 메이지(明治) 이후부터 하기 시작했다.

4 은행잎 모양(銀杏返し): 모아서 올린 머리카락을 둘로 나눠 좌우로 굽혀 반원형으로 묶은 머리 모양이다.

가늘고 애써 몸을 뒤로 젖히는 듯한 티가 난다. 아랫입술이 나와 있는 만큼 역시 수다쟁이라고 주인을 기다리는 마부의 험담. 총평하자면, 평범의 선은 약간 넘는 그런 사람이다. 앞의 아가씨가 좀 느낌이 왔다는 모습으로.

여자2 "시노하라(篠原)상. 기다리던 젊은 도련님도 이제 돌아올 때가 된 것 같네요."

시노하라 "네, 여름쯤에 돌아온다고 하셨는데. 난 싫어요, 성가셔서."

여자2 "아니 왜 그러실까. 기대가 클 텐데요. 또 학교 공부 예습이나 그런 것도 도움받기에 좋잖아요."

시노하라 "뭐 난 이제 학교에는 안 가요. 아버지가 위가 안 좋아 요즘은 상당히 힘들어하시고 어머닌 아시다시피 말이 안 통하니 집안일도 반은 내가 다 챙겨야 해서 바빠요."

여자2 "아니 그럼 영문학은 어떻게 해요? 그만두진 않을 거잖아요. 나도 자기만큼 컨버세이션을 할 수 있으면 좋겠어요."

시노하라 "어찌 그만두겠어요. 나는 영문학을 원 없이 공부하고 싶어요. 요즘엔 저기, 알고 있지요? 야마나카(山中)라는 이에게 실력도 있으니까 와달라고 부탁해서, 오고 있어요. 상당히 바빠요. 매일매일 영어 연습도 하고 있고. 집안일이든 뭐든 꽤 힘들긴 한데요, 아무리 바빠도 답무에는 꼭 올 거예요."

여자2 "그래도 아버님이 편찮으시면 올 수가 없잖아요. 나도 집에서 사교의 하나라면서 권하는데 아무래도 아직 느낌이 안 좋은 기분이 들어서요. 외국인과는 춤을 잘 출 수가 없어요. 게다가 학교 쪽도 바쁘고. 거의 온 적이 없어서 교제가 정말 없어요.

시노하라 "왜 그렇게 마음이 안 내키는데요? 나는 집에서 아무리 울적해도 이곳에 오면 갑자기 기분이 액티브해져요. 저 서양에서는 답무를 하지 않는 사람을 월 플라워(벽의 꽃)라고 하면서 멸시한다던데. 자기도 그런 부류인가요? 어머, 미야자키(宮崎)상이 오랜만에 와 계시네요. 저분은 얼굴도 잘 생긴데다 뭐든 잘 한다고 해요. 잘 생긴 것도 인품을 값지게 하는 것이어서 멋져 보이네요. 저분의 파트너는 어느 분일까요? 키가 꽤 작네. 어머, 모양이 흉한 양장이네요. 일본인은 키가 작아서 빈약해 보이는 데다가 해오라기가 미꾸라지를 밟은 듯한 모습을 하고서는. 저러니까 늘 입어서 몸에 익지 않으면 이상하죠. 난 평소에 양장을 입고 있는데 어머니가 언제나 바닥에 있는 것을 긴 옷자락이 쓸어간다고 말씀하세요. 서양에서는 바닥에 물건을 두지 않으니까. 두는 쪽이 나쁘다고 말하면서 맨날 싸워요."

여자2 "자기는 생김새가 멋지니까 좋겠어요. 저 미야자키상의 여동생은 정말 서양사람 같아요. 우리 학교에서도 제일 잘 생겼다고 평판이 났어요."

시노하라 "그래요? 그래도 저분의 시스터는 눈이 커서 무섭다고 하지 않나요? 뭐든 잘 해요?"

여자2 "네, 올해 열넷이 되셨는데 나이에 걸맞지 않게 뭐든 잘 하세요."

시노하라 "근데, 자기는 평소에도 양장을 입어요?"

여자2 "아뇨. 원래 평소에 입지 않으면 간편한 것도 알 수가 없는 건데. 외출할 때만 입도록 모두가 하고 있으니까 그저 날씬한 것에만 익숙해져서 다나카야(田中屋) 것, 시라키야(白木屋) 것[5] 하면서 옷 경쟁을 하는 거와 다름없이 되어서. 나도 하여간 입는다면 평소에 입고 싶은데 학교도 일본식 건물이어서 맘대로 안 되네요."

이야기하는 사이에 답무 한 곡이 종료. 사이토는 미야자키와 함께 이쪽으로 나왔다.

사이토 "그럼 하마코(浜子)상 부탁합니다."라며 그 이보지리 머리를 한 아가씨를 데려간다.

~~~~~~~~~

5 * 다나카야(田中屋) 것, 시라키야(白木屋) 것: 도쿄의 니혼바시에 있던 에도 시대부터의 일본 옷을 파는 전통이 있는 가게이다. '야(-屋)'는 점/가게를 가리키는 말이다.

미야자키 "오우, 미스 핫토리(服部) 오랜만이네요."

핫토리(여자2) "미야자키상 어쩐 일이세요?"

미야자키 "기분이 좀 그래서. 번번이 여동생이 신세를 지네요. 핫토리상이 조석으로 돌봐주시니까 요즘은 일요일에도 집에 돌아오기 싫다고 해요."

핫토리 "아니 조금도 제대로 해주질 못했는데."라고 이야기하는 사이 곧바로 또 새 곡이 시작되었다.

미야자키 "그럼 오랜만에 부탁할까요?"

핫토리 "그럴까요"

그러고 나서 서서 음식을 먹는 등 이런저런 일들. 밤 한 시쯤 이랴이랴 마차 모는 소리도 우렁차게 각각의 귀로를 향해 떠나갔다. 이것이 바로 로쿠메이칸(鹿鳴館)[6]의 신년연회의 밤이었다.

~~~~~~~~~

6 * 로쿠메이칸(鹿鳴館): 1883년에 일본의 외무장관이던 이노우에 가오루(井上馨, 1836~1915)에 의한 서구화 정책의 일환으로 도쿄(東京) 지요다구(千代田區)에 건설된 백악(白堊)의 장려한 서양관이다. 11월 28일의 낙성식에는 1200명을 초대하여 축하연을 열었으며, 화족(華族)이나 외국 사신의 사교 클럽으로 사용되었다. 그러나 1887년에 서구와의 불평등조약(관세자주권을 행사하지 못하고, 치외법권을 인정해야 함)의 조약 개정에 실패하면서 이노우에가 사직하는 바람에 서구화의 상징인 로쿠메이칸 시대(1883~1887)가 막을 내리게 되었다. 1890년부터는 화족 회관으로 사용되었는데 1941년에 해체되었다.

제2회

과부와 연하남

[야마나카 마사시(山中正)-남 27, 8세/ 여자(오사다(お貞))-여주인 30세 정도/

오키요(お淸)-하녀/ 달걀 장수 노파]

이마가와 고지(今川小路)[7] 2가의 골목길을 돌아서 세 번째의 격자문이 있는 집. 밖에서 보이는 땅바닥에는 먼지 하나 없이 빗자루 자국이 나 있다. 격자문은 깨끗이 말끔하게 닦아 저절로 광택이 난다. 남은 들통의 물을 뿌린 것 같다. 신발을 벗어 놓는 화강암 디딤돌 위에 칠칠치 못하게 벗어 던

―――――――
7 ** 이마가와 고지(今川小路): 도쿄 지요다구와 주오구(中央區) 니혼바시(日本橋)에 걸쳐서 존재했던 선술집 거리이다.

진 나막신 두 켤레도 예쁜 고마치(小町)[8] 취향. 이층에는 출창(出窓)이 나 있고 대나무 격자에 젖은 수건이 걸려있다. 그러니 하숙집도 아니고 그렇다고 해서 학교 외의 학숙(塾)은 물론 아니다. 보아하니 이 이층은 주인이 세상을 떠났거나 혹은 여행 중이어서 비어있기에 평소 친한 사람에게 도둑 조심할 겸 해서 빌려줬다고 생각된다. 이것도 좀 억지로 갖다 붙인 짐작일 것이다. 이 이층의 식객은 나이가 스물일곱 여덟으로 이목구비가 또렷하고 좀 곱상하기는 한데 이런 얼굴을 세련됐다는 둥 칭찬하며 좋아하는 사람들도 있다고 한다. 마침 두 쪽으로 갠 가헤이(嘉平) 옷감의 하카마(袴) 바지[9]. 보라색 보자기에 싼 도시락통 등은 막 관원이 된 신참자의 것으로 보인다. 목욕하고 돌아온 듯 눈가가 어렴풋이 붉어져 있다. 창문틀 위에 거울을 세워 놓고 계속해서 머리를 빗고 있는데 여자의 거친 목소리가 들린다.

〰〰〰〰

8 ** 고마치(小町): 고마치 게타(小町下駄)를 말하는데, 오노노 고마치(小野小町)가 미인이었다는 데서 기인하여 예쁜 그림이 들어가 있는 나막신을 부르는 말이다.

9 * 가헤이(嘉平) 옷감의 하카마(袴) 바지: 메이지 중기에 사이타마(埼玉)현의 후지모토노 가헤이가 창시한 거친 비단 실로 짠 옷감을 가헤이 지히라(嘉平次平)라고 하는데, 이 옷감으로 만든 남성용 하카마(일본옷의 바지)를 말한다. 하급의 굵은 실을 날실로 하고 역시 품질이 떨어지는 실을 씨실로 하여 짰다.

여자 "저, 지금 올라가요."라며 이층으로 척척 올라와서 살짝 얼굴을 내민다.

여자 "어머. 말끔하게 단장하셨네. 담뱃불을 가져왔어요."

부삽을 한 손에 들고 화롯불 옆에 살짝 한쪽 무릎을 세우고 앉은 이 여자의 나이는 삼십 정도로 살갗이 까무잡잡하고 코가 오똑하다. 바탕이 오글쪼글한 검은 비단의 겉옷[10]도 약간 오른쪽 소맷부리가 닳아서 해졌다. 안에 입은 시카가스리(鹿絣)의 기모노(着物)[11]는 에리젠(えり善) 가게에서 제작한 교가노코(京鹿子)[12]인데 그것도 마찬가지로 낡았다. 몇 번이고 열심히 빨아 낡은 듯한 한에리(半襟)[13]를 걸쳤다. 앞머리 약

~~~~~~~~~

10 ** 바탕이 오글쪼글한 검은 비단의 겉옷(黒縮の羽織: 구로치리노 하오리): 지리멘은 견직물의 일종으로 바탕이 오글쪼글하며, 하오리는 일본식 겉옷이다.

11 ** 시카가스리(鹿絣)의 기모노(着物): 견직물로 만든 일본 옷으로 옷감이 감색·흑색 등의 바탕에 황색이나 흰색의 사슴의 반점과 같은 무늬의 도안에 따라 미리 염색한 씨실이나 날실로 짠 것인데, 무늬의 윤곽이 선명하지 않은 것이 특징이다.

12 ** 에리젠(えり善) 가게에서 제작한 교가노코(京鹿子): 에리젠은 1584년에 교토(京都)에서 염색가게로 시작하여 한에리(半襟)나 일본 전통적인 소품을 팔다가 기모노도 파는 전문점이 되었다. 특히 이 가게의 한에리가 인기를 끌면서 전국적으로 유명해져서, 교토의 화려하고 품위 있는 미의식과 전통 기술로 제작한 '에리젠 고노미(ゑり善好み: 에리젠이 좋아하는)'의 기모노라는 말이 생겨날 정도로 평이 높고 인기가 있었다. 교가노코는 교토에서 사슴의 반점과 같은 흰 별박이 무늬를 홀치기로 염색한 것이다.

24

간 뒤는 살짝 벗겨졌는데 쇼민(松民)의 마키에(蒔繪)[14]가 들어 있는 주홍색 빗으로 머리카락을 모아 둥글게 묶은 마루와게(丸わげ)[15] 밑에 쑥 밀어 넣었다. 뭔가 사연이 있을듯한 느낌의 사람. 불을 화로에 넣으면서 일심으로 궐련의 꽁초를 치우고 있다. 나이에 걸맞지 않게 말투는 천진난만한 편이다.

여자 "저기요, 야마나카(山中)상. 이제 적당히 하고 이쪽 좀 봐요. 저기 있잖아요. 아까…, 기댓거리가 있는데"

야마나카 "뭔데요?"

여자 "뭐냐면요, 아주 좋은 일이 있었어요. 들어보실래요?"

야마나카 "듣죠, 듣죠."

여자 "저 아까 내가 목욕탕에 갔었잖아요. 그랬더니 부재중에 검정 오리(黑鴨)[16]같이 새까만 옷을 입은 멋진 인력거꾼(車

〰〰〰〰〰〰〰

13 ** 한에리(半襟): 일본 옷의 속옷 위에 덧대는 장식용 깃으로 원래는 우단으로 만들었다. 겉옷에 목의 때가 타지 않도록 하는 중요한 역할도 한다. 또 누비 덧옷인 한텐(半纏)이나 이불에 덧대기도 한다.

14 ** 쇼민(松民)의 마키에(蒔繪): 오가와 쇼민(小川松民, 1847~1891)은 메이지 시대의 유명한 칠 공예가이다. 마키에라는 용어는 헤이안(平安) 시대부터 사용되었는데, 칠로 그림·무늬·글자 등을 그리고, 그것이 다 마르기 전에 금은 가루를 뿌려서 정착하게 하는 기법으로 제작한 공예품을 말한다.

15 ** 마루와게(丸わげ): 마루마게(丸髷)와 같은 것으로, 일본 기혼 여성들이 둥글게 묶어 올린 머리 모양이다.

16 검정 오리(黑鴨): 상하의 전체를 검정이나 감색으로 입은 하인이나 수행하는 사람들의 복장을 말한다.

夫)이 와서 당신 집에 있냐고 물었대요. 그래서 키요(淸)가 부재중이라고 말했더니 '그럼 나중에 또 찾아올게요. 꼭 뵙고 싶어서요.' 그러고는 돌아갔대요. 키요가 그렇게 말했거든요. 아주 품위 있는 서양 옷을 입은 아가씨가 격자문 밖 인력거 안에서 기다리고 있었대요. 어쨌든 정말 그분이 틀림없을 거예요."

야마나카 "누구?"

여자 "시치미떼지 말아요. 다 알고 있는데. 시노하라상 말에요-."라고 약간 콧소리로 힘주어 말한다.

야마나카 "아아 그 왈가닥? 내가 한동안 안 갔더니 영어책 물어보러 온 거겠죠. 그 서양 좋아하는 것도 좀 그래요. 옆에 가면 왠지 코쟁이 냄새가 나서."

여자 "아니 언제 옆에 갔어요?

야마나카 "그거야 뭐. 매일 매일 가르치러 가니까. 그 곱슬곱슬한 앞머리를 들이밀어 갖다 대고 있으면."

여자 "그렇지만 이러고 있어도 그런 대단한 미인이 오면 난 안절부절못하겠는데."라고 좀 웃으면서.

여자 "정말이지 난 연상이라 걱정이야. 그렇지만 수상한 일은 절대 없겠죠, 수상한 일은, 응?"

야마나카 "뭐가 있겠어요."

26

여자 "글쎄 어떨지."

야마나카 "전-혀 없습니다."

여자 "흐-응." 하고 웃고 있다. 하녀인 오키요(お淸)가 쿵쾅쿵쾅 계단 중단까지 올라와서.

오키요 "주인아줌니, 달걀 장수가 왔어요."

여자 "오늘은 필요 없어."

오키요 "그래도 이젠 떨어지고 없는데요."

여자 "필요 없어."

오키요 "저렇다니까, 언제나 이층에 올라가면. 잠깐이라도 좀 내려오지도 않아." 하고 투덜대면서 부엌으로 와서는.

오키요 "할머니 오늘은 필요 없다네요."

노파 "예 예 알겠습니다. 또 부탁드립니다."

오키요 "좀 앉아서 담배라도 한 대 피세요."

노파 "그럼 좀 쉬었다 갈까요. 아이고. 처자는 언제나 차림도 단정하게 하고 있으시네. 시노하라상네 하녀들하고 처자뿐 이에요, 단정하게 하고 있는 건. 그런데 시노하라상은 양장 이라서 이상해."

오키요 "어머, 할머니. 시노하라상 댁에도 가세요?"

노파 "그럼. 갈 뿐인가. 좋은 단골이지. 삼 일이 멀다 하고 오 륙십 개씩 사주시지."

오키요 "그럼 그 아가씨도 봤겠네. 예쁜 여자겠죠?

노파 "좋은 여자인 건 틀림없지만 우리 눈에는 다카시마다(高島田)[17] 같은 일본식 쪽이 더 좋아."

오키요 "그 아가씨는 우리 야마나카상을."

노파 "으응 그 멋진 청년 말이지?"

오키요 "맞아요. 그 사람한테 아주 열렬해요."

노파 "그런데 그이는 요전에 이 집 새댁하고 좀 수상하다고 하지 않았수?"

오키요 "네, 아무래도 우리 주인아줌니하고도 틀림없이 수상해요. 그저께 밤에도 외출한다고 나가서는 밤 한 시가 되도록 돌아오지 않아서 꾸벅꾸벅 졸고 있었는데, 인력거 소리가 나기에 뛰쳐나가 격자문을 열고 보니까 글쎄 둘이서 같이 타고 곤드레만드레 취해서 돌아오더라니까요. 야마나카상은 남자답고 입에 발린 말을 잘하니까 누구라도 혹하죠. 그치만 그이도 생각해 보면 불쌍해요. 그 사이고(西郷) 사건[18] 때 아버지가 육군 소원가 뭔가로 근무하고 있었는데 그쪽에서 전

---

17 ** 다카시마다(高島田): 일본 상류 무가(武家) 여성들이 높이 묶어 올린 머리 모양인데, 젊은 여성들의, 특히 신부의 정장용으로 올리게 되었다.

18 사이고(西郷) 사건: 1877년의 서남(西南)전쟁을 말한다. 사쓰마(薩摩) 군의 통솔자이고 정치가인 사이고 다카모리(西郷隆盛, 1828~1877)는 가고시마(鹿兒島)에서 메이지 정부에 반기를 들었으나 패배하여 자결하였다.

사해버려서. 그다음 해에는 또 어머니가 병으로 죽어서 친척도 연줄도 없으니까. 우리 집 주인아저씨가 아직 살아계실 동안에 불쌍히 여겨서 장사하는 것도 거들게 하고 어떻게 하고 해서 집에 있게 해 주었는데, 그러다 죽기 전에 시노하라 상한테 부탁해서 관원이 되게 해준 거죠. 영어도 좀 할 줄 알고 말도 잘하고 야무지니까 점점 올라가서 지금은 이십오 원이나 월급을 받고 있대요. 저이는 그런 야무진 사람이고 우리 집 주인아줌니도 어차피 화류계 쪽 사람이니까 과부 노릇하기도 쉽지 않은 거죠…. 어머, 손님이 오신 모양이네."

노파 "그럼 또 다음에 부탁드릴게요." 하고 달걀 장수는 돌아갔다. 오키요는 살짝 바깥을 살펴보고 헐레벌떡 이층으로 올라가려 했는데 때마침 내려오는 집주인 오사다(ぉ貞).

오사다 "누구-?"

오키요 "아, 아까 그 사람요."

오사다 "그럼 이층으로 안내해드려. 그리고 불렀는데도 안 들리면 안 되니까 옆방에 붙어 있고."

오키요는 일할 때 매는 어깨띠[19]를 풀면서.

~~~~~~~~~~

19 ** 일하며 매는 어깨띠: 다스키(欅)로, 일본옷의 긴 소매가 일하는 데 방해가 되지 않도록 양어깨에서 양 겨드랑이에 걸쳐 십(十)자 모양으로 엇갈리게 묶어 옷소매를 걷어 매는 끈을 말한다.

오키요 "흐-응 엉뚱하게 보초 서게 됐네. 바늘방석인데…."

오사다 "응? 바늘? 바늘이 어쨌다고?"

오키요 "아뇨, 바늘에 발이 찔릴까 봐서. 에이구, 또 부르네, 들린다구요. 가요-."

'잘 묶어 올리니 나쁘게 말들 하는 과부의 머리'[20] 하고 누군가가 읊었었다. 과부 홀어미가 사는 세상 처세하기 참 힘들다. 옛날의 관습으로 남편이 죽었을 때는 사뭇 재빠르게 소나무의 지조 변치 않겠다며, 확 결심하고 자른 머리도 이제 겨우 길어졌다. 그런데 아아 그 머리를 가발로 만들어 이제는 둥글게 마루와게로라도 묶어 올릴 수 없을까. 가끔은 유행하는 트레머리(束髮)나 구시마키(櫛卷)[21] 같이 올린 머리를 해보고 싶다는 돌이킬 수 없는 후회를 하지 않는 것도 아

---

20 * 잘 묶어 올리니 나쁘게 말들 하는 과부의 머리: 'よくいえばわるくいわるる後家のかみ'로, 『하이후 야나기다루(誹風柳多留)』에 있는 센류(川柳: 5,7,5의 17음으로 된 서민의 생활을 읊은 시)이다. 'いえば(이에바)'는 읽을 때 '유에바'로도 발음하는데, '유에'의 원형인 '유우'는 '묶다(結う)'와 '말하다(言う)'의 두 가지 뜻을 담은 말로 과부가 머리를 잘 묶으면 누군가 좋은 사람이 생겼을 거라고 시기하며 수군댄다는 의미이다.

21 ** 트레머리(束髮)나 구시마키(櫛卷): 트레머리는 특히 메이지 시대 이후 유행한 묶어 올린 머리 모양으로, 손이 많이 가지 않아 신시대를 상징했다. 구시마키는 머리를 끈으로 묶지 않고 빗에 감아 머리 위로 틀어 올리는 간단한 방법으로, 에도시대에 유행했던 머리 모양이다.

니다. 오히려 홀어미 과부가 꽃피게 하여 보란 듯이 시집갈 수 있도록 해줘야 한다. 서양의 여러 나라에서는 공공연히 재혼하고 부끄러이 여기지 않는다고 들었다. 그런데 뭐가 어렵다고 소나무도 아닌 나무에 소나무인 척 꾸며대게 하는가. 그러다가 때아닌 기생목이 생겨나면 변치 않는 지조란 이름에도 어울리지 않게 얼굴에 단풍드는 것은 부끄럽지 않은 것인가.

양벽가(洋癖家) 시노하라(篠原)

[시노하라 미치카타(篠原通方)-하마코의 아버지, 50이 넘음/ 내실 하녀/ 하녀]

드높은 고각(高閣)이 구름 위로 치솟고 둘러 쌓은 돌담의
정면으로는 철문의 기둥도 굵직하니 빈틈없는 이곳은 말하
지 않아도 확실한 지체 높고 이름난 분의 저택. 주인이라는
그분은 서남 어느 번(藩)의 무사로서 유신 때 뛰어난 공훈이
있었던 사람이라는 것은 문에 박아넣은 표찰(標札)에 종삼품
자작(子爵) 아무개라고 최근에 검은 먹물로 새로 써넣은 것
으로도 알 수 있다.

그렇다면 그 옛날 존왕을 외치고 양이(攘夷)를 설득하며 사
방으로 분주했을 시절에 서양 문명의 나라들을 오랑캐라고

비하하고 야만인이라고 욕하던 버릇을 지금 개명한 세상을 맞이해서도 아직 떨쳐내지 못하고 있을 터였다. 그런데 같은 번(藩) 무사로 지금의 내각에서 위세를 떨치는 친한 사람들이 이래서는 결국 세상 풍조에 틀림없이 뒤떨어지게 될 거라며 관직을 달고 서양으로 가 각국을 순시하면 필시 깨닫는 것이 있을 거라고 하는 권유를 따라 일 년간 유럽을 두루 살폈다. 그랬더니 귀국한 후에는 돌변하여 서양문물을 지나치게 좋아하는 양벽가(洋癖家)가 되었다. 일본의 음식은 위생에 해로움이 있다면서 오로지 서양의 고급 요리를 먹으려 하고, 가옥도 석조건물에 유리창으로만 한다. 의복은 통소매 모직이 아니면 입는 것을 싫어해서 집의 비복(婢僕)에 이르기까지도 일본 고유의 의복을 입히지 않는다. 모두 양복을 제작해 입히면서까지 첫째도 서양 둘째도 서양이라며 그 풍속만을 배우게 하였다.

이게 바로 제1회에 나왔던 시노하라 하마코(篠原浜子)의 아버지 미치카타(通方)이다. 나이는 오십이 넘었으나 아들은 없고 고명딸 하마코 하나뿐인지라 애지중지하다 보니 자연히 예의범절도 소홀해졌다. 게다가 서양풍이기만 하면 뭐든 좋다면서 서양의 딸들은 교제하는 것을 자유로이 하고, 연극 관람, 야회, 답무 등 낮이고 밤이고 놀며 지낸다는 등의 이야기조차 주워듣고는 학교의 학업 같은 건 뒷전으로 미루고, 피아노, 바이올린 같은 것을 배우는 데만 신경 쓰게 했다.

또 그 가정교육은 어머니가 한다고 하는데 그 집 어머니는 원래가 시골에서 자라 일반적인 읽기 쓰기조차도 제대로 못 해 불안해하니까 하마코는 점점 더 어머니를 깔보게 되었다. 하마코는 '교육이 없는 여자는 어쩔 수 없어'라는 말을 입 밖에 낼 정도가 되어서 이제는 어머니가 하는 말을 들을 리가 없다. 그렇게 되니 그 집안에서 하마코는 저밖에 없는 듯이 행동하고 있는데 누구 하나 꾸짖는 사람도 없으니 생각이 있는 사람은 남몰래 혀를 차며 비난했다고 한다.

내실 하녀 "아니, 너 뭐 하는 거야. 아직 아가씨가 돌아오지 않았는데 그렇게 엎드려 누워서."

하녀 "아니, 벌써 열두 시잖아요. 남자조차도 그리 밤샘은 안 하는데 아무리 그래도 그렇지."

내실 하녀 "또 그런 소릴 하네. 나으리가 들으시면 바로 꿀밤 큰 거 두 개야. 서양이라는 데서는 야회에서 밤샘을 하는 게 당연한 모양이니까. 아가씨들도 아침엔 언제나 열한 시나 열두 시는 돼야 일어난다고 평소에 말씀하시고. 일본도 빨리 그런 풍속으로 바뀌어야 한다고 말씀하시곤 하지 않았어?"

하녀 "그래도 어느 집이나 다 그렇다면 좋겠지만, 여기서는 밤이 늦을 뿐 아침엔 역시 이웃이나 건너편 집이 일어나는 시간에는 일어나야 하니까. 그만 무심코 졸음이 와요."

내실 하녀 "그건 그래. 그런데 그건 우리만 그런 게 아니야. 마님도 서양풍에는 상당히 힘들어하셔. 요전에도 '늘 먹던 거니까 단무지가 먹고 싶네'라고 하셔서 드신 적이 있었어. 그런데 그때 있던 서생이 힘담으로 '마님은 나으리께 숨기고 단무지와 바람나셨네'라고 말한 적이 있었어. 아호호. 그나저나, 아가씨가 돌아와도 좀처럼 바로 방에 가질 않고 '오늘은 누구랑 같이 춤을 췄다'느니 또 '누가 이렇게 말했다'느니 언제나 마지막에는 그 야마나카상하고의 사랑 이야기를 자랑스럽게 하시는데, 듣기가 힘들어."

하녀 "그래도 그 서양에 가 계신 젊은 도련님이 나으리의 먼 친척이라든가 뭔가로 따님의 신랑감이라고 하지 않았어요? 그런데 그런 말을 하셔도 되나요?"

내실 하녀 "그게 바로 개화라고 하는 거래. 너처럼 고루하게 폐단을 말하면 안 되지. 특별히 의심스러운 게 없으면 남녀의 교제는 개방된 분위기가 아니면 안 된다고 항상 나으리가 말씀하셔."

　때마침 마차 소리가 구르르르륵. 마부의 목소리가 들린다.

마부 "따님이 귀가하십니다…."

제4회

마쓰시마(松島) 남매

[△, □, ○(15세 정도의 소년들)–친구/ 마쓰시마 아시오(松島葦男)–남동생/ 마쓰시마 히데코(松島秀子)–누나, 17세]

　　구단자카(九段坂)[22]에서 수로를 따라 박목나무를 댄 나막신[23]을 탁탁 소리 내며 걸어온다. 학교에서 돌아오는 길일까?

22 ** 구단자카(九段坂): 도쿄 지요다구에 있는 지역 이름인데, 언덕의 경사가 급하다.

23 ** 박목나무를 댄 나막신(朴木齒の足駄: 호오노키바노 게타): 일본 나막신의 밑에 대는 이빨과 같은 부분을 일본목련인 박목나무로 만든 것인데, 걸을 때 바닥에 부딪는 탁탁 소리가 다른 나막신에 비해 약간 크게 들린다는 특징이 있다. 메이지 중기 이후, 특히 학생들 사이에 인기가 생겨서 탁탁 소리를 크게 울리면서 걸어 다녔다.

나이는 각각 열다섯 정도가 되는 두세 명의 소년. 또 한 명은 흰 범목면(帆木綿)[24]의 가방을 겨드랑이에 끼고 털실로 짠 둥글 불룩한 모자를 머리에 쓰고 있다. 신분이 천하게는 보이지 않으나 다른 두 명에 비하면 다소 초라한 데가 있는 것 같다. 줄무늬가 약간 지나치게 화려한 면명선(綿銘仙)[25] 옷감의 솜옷도 때가 묻었다는 것은 아니지만 이음매가 어깨 부분에서 두드러져 무척이나 오래 입은 걸로 보인다.

△ "너 오늘 레슨은 디피컬트 하지 않았어?"

ㅁ "응, 그래도 나는 어제 브라더한테 미리 배워 예습했으니까 조금은 이-지- 했지."

ㅇ "나도 아버지한테 해 달라고 했어. 마쓰시마군(松島君)은 미리 가르쳐줄 사람이 아무도 없으니까 아무래도 교실에서는 잘못하지만, 그런 것치곤 시험에서 좋은 결과를 얻으니까 희한하지."

ㅁ "마쓰시마군네 집은 누나만 있는데 용케 월사금을 잘 내네-. 어디서 돈이 나오는 거야?"

ㅇ "그건 아시오군(葦男君) 누나가 꽤 대단한 사람이래. 요전

---

24 ** 범목면(帆木綿): 돛을 만드는 두껍고 튼튼한 면으로 된 천이다.
25 ** 면명선(綿銘仙): 씨실에 면으로 된 실을 사용하여 거칠게 짠 비단처럼 보이는 옷감으로, 이불감 등으로 사용하기도 한다.

에 우리 아버지가 일번가의 미야자키상네 집에 갔었는데, 그쪽 연립주택에 오히데(お秀)라는 아가씨가 있는데 뜨개질 부업으로 남동생의 학비를 충당한다고 했대. 공채증서[26]도 갖고 있지만 누나가 절대로 손을 안 댄대."

ㅁ "그래? 아시오군 정말이야?"

아시오 "으응. 난 그런 거 몰라. 실례할게."

ㅇ "야아, 여기서 헤어지는 거야? 그럼 내일도 같이 가자, 부를게.

아시오 "뭐 안 불러줘도 돼.

ㅇㅁ "굿바-이."

ㅇㅁ "쟤 숨기고 있네, 이상해."

친구들의 목소리를 뒤로, 좀 화가 치민다는 느낌의 얼굴빛이다. 입을 삐쭉거리면서 언덕을 올라가 3가의 어느 집까지 쏜살같이 달려와 격자문을 드르르 탁 열고 쿵쾅쿵쾅 올라간다.

히데코 "어, 아시오야. 오늘은 많이 늦었네. 어머니 기일이어서 찻잎 밥을 지었는데 배고프면 주먹밥이라도 만들어줄까?"

아시오 "아니, 아무것도 필요 없어." 하며 모자와 도시락을 내

---

26 ** 공채증서(公債証書): 메이지 유신 후에 그 이전까지의 봉록을 대신하여 정부가 사족(土族) 등에게 지급한 증서를 말한다.

던진다.

히데코 "아니, 아니. 이러면 안 되지-. 나는 이 숄을 마저 다 떠서 고지마치(糀町)[27]의 털실 가게에 다녀올 테니까 평소 하던 대로 책상을 내놓고 한 번 복습해 둬. 그리고 조만간 가르쳐 줘."

아시오 "알았어 누나. 벌써 다음 달에는 아버지 기일이 삼 년째네. 제대로 했으면 좋겠다. 선사품이라도 돌리면서."

히데코 "그렇게 생전에 알던 지기로 선사품이라도 돌릴 만한 집이 있으면 좋겠지만, 고향을 떠나 작년 재작년 연달아 아버지도 어머니도 돌아가셨으니 이제 고향에는 먼 친척이 있다 해도 이대로 돌아가면 너나 나나 진짜 무학문맹(無學文盲)이 되어버리잖아. 그래서 어떻게든 내가 열심히 해서 도쿄에서 너를 높은 사람이 되게 해주려고 생각하고 있으니까, 그럴 작정으로 공부해 줘. 저 미야자키상한테는 여러 가지로 신세를 지고 있고 친절하게 집세도 싸게 해주시니까 기일에는 오하기떡[28]이라도 만들어서 갖다 드리려고 생각하

---

27 ** 고지마치(糀町): 도쿄 지요다구에 있는 지역 이름으로, 에도시대에는 상업지로서 번성하였다.

28 ** 오하기떡(お萩): 멥쌀과 찹쌀을 섞어 쪄서 가볍게 친 다음 동그랗게 빚어 팥소나 콩가루 등을 묻힌 떡으로, 봄에는 모란꽃 색이라 하여 보타모치(牡丹餅)라 하고 가을에는 싸리꽃 색이라 하여 오하기라고 한다.

고 있어.”

아시오 “알았어. 그런데 우리 집 공채증서는 얼마나 있어?”

히데코 “글쎄-. 한 천오백엔(千五百円) 정도 있어. 하긴 어머니
가 돌아가셨을 때 장례 치르고 뭐하고 하느라 상당히 썼는
데 이제 이것만은 가만히 간직해 둘 거야. 너나 나나 큰일 치
를 때의 소중한 자본이니까.”

아시오 “그래도 누나. 나는 이제 곧 대학의 국가 장학생이 될
거니까, 한 삼 년 정도 그 돈을 꺼내서 쓰자. 누나도 학교에
들어가서 둘 다 공부하는 편이 좋지 않겠어?”

히데코 “아니야. 그렇게 말하다가 지금 써버리면 아버지가 힘
들게 애쓴 수고도 물거품이 되는 거야. 내가 이렇게 부업을
해서 다달이 남은 것을 삼전 오전 정도씩 우체국에 저금한
것이 이원 오십 전 정도가 되니까 갖고 싶은 거라도 있으면
그걸로 사.”

아시오 “갖고 싶은 것 따윈 전혀 없지만, 공부를 좋아하는 누
나가 매일매일 털실 뜨개질만 하고 있으니까 나는 누나가
뭔가 딱해 보여.”

히데코 “아니야, 공부는 네가 학교에서 배워 온 것을 잘 외워
서 가르쳐주니까 학교에 가서 공부하는 거나 마찬가지야.
내가 딱하다고 생각하면 빨리 높은 사람이 되면 돼. 아무래

도 너의 지금의 학력으로는 대학에 입학하는 것도 어떨지 알 수 없어. 다음에 미야자키상 댁에 가거든 그분은 문학사(文學士)이고 대학 강의도 한다고 하니까 네가 생각하는 것을 자세히 말해서 부탁드리고 와."

아시오 "알았어. 그렇지만 나는 속상해서 참을 수가 없어."라며 울먹이는 소리를 낸다.

히데코 "뭐가? 도대체가 잔걱정이 많은 성질이어서 별것 아닌 것을 신경 쓰네. 왜 그래?"

아시오 "그러니까, 내가 누나가 털실 뜨개질 부업으로 번 돈으로 공부하는 한심한 놈이래. 누나의 부양을 받는 것은 드문 일이래. 다른 사람들은 모두 부모가 있으니까 좋겠지만."

히데코 "그러니까 부모만큼 소중한 것은 없어. 돌아가시고 나서 아무리 효도하고 싶어도 소용없어. 그런 푸념은 그만두고 불단에 향이라도 피워드려. 어머, 이상한 애네. 웬 눈물이야. 그렇게 마음이 여려서야 어디다 쓰겠어. 『쓰레즈레구사』[29]에도 있잖아. '배려하는 마음이 적고 엄격할 때는 남과

~~~~~~~~

29 *『쓰레즈레구사(徒然草)』: 일본 중세시대의 수필 제211단에 있는 "心を 用ゐる事少しきにしてきびしき時は, 物に逆ひ爭ひて破る."로, 상대방에 대한 배려가 적어서 엄격하게 대하면 남과 충돌하여 싸우게 되므로 결국 몸을 해치게 된다는 말에서 인용한 것이다.

42

충돌한다'라고 하잖아. 무엇이든 마음을 크게 갖고 그런 말을 한 사람에게 장래에 잘되는 것을 보여줘서 얼굴이 빨개지게 만들어 줘."

아직 열일곱인 처녀로서는 신기할 만큼 깨달은 얼굴을 해 보인다. 그래도 역시 동생의 마음, 이미 없는 부모를 생각하니 무심코 흐르는 하늘도 알지 못하는 소매의 눈물. 얼굴을 돌리는 마침 그때.

"네 안녕하세요. 두부 장숩니다."

아시오 "누나, 두부 장수가 왔어."

"두부 장숩니다."

아시오 "누나, 안 들려? 두부⋯."

히데코 "들렸어." 여유 있는 얼굴로 표정을 바꾸고.

히데코 "오늘은 필요 없어요."

제5회

미야자키(宮崎) 댁에서

[미야자키 모친- 57, 8세/ 미야자키 이치로/ 마쓰시마 아시오/ 사이토- 교원]

아시오 "실례합니다."

미야자키 모친 "아, 아시오구나. 뭐해, 어서 들어와. 오늘은 이치로도 집에 있고 사이토상도 와 계셔."

이렇게 말하는 것은 환갑이 되려면 아직 이삼 년쯤 더 걸릴 정도 나이의, 머리는 가지런한 단발이며 약간 살이 붙은 싹싹한 느낌의 할머니로, 아시오 남매가 세 들어 사는 연립 주택의 집 주인인 미야자키 이치로의 어머니였다.

아시오는 쑥 지나가서 미야자키와 사이토에게 인사하고 다시 그 어머니를 향했다.

44

아시오 "저, 오늘은 돌아가신 아버지의 삼주기가 되는 날이어서 마음을 담아 성의껏 보타모치 떡을 만들었어요. 그런데 누나 손으로 만든 거라 잘 만들지는 못했겠지만, 한번 드셔보세요."라며 손에 들고 온 보[30]를 씌운 찬합을 내밀었다.

미야자키 모친 "정말 그러네. 세월 참 빠르네. 사이토상은 분명 종교가 달랐는데. 이치로 이것 좀 봐, 맛있겠네."

미야자키 "아시오군, 학교는 열심히 다니고 있지? 사이토상이 상당히 진보가 빠르고 재동(才童)이라는 평판이 있다며 방금도 칭찬하고 계셨어."

이 사이토라는 이는 아시오가 다니고 있는 학교 교원이다.

미야자키 모친 "정말로 돌아가신 부모님도 저세상에서 기뻐하고 계실 거야. 게다가 사이토상 들어봐. 이 아이 누나가 참으로 기특해. 아버지가 모아놓은 것도 약간은 있고 지금도 공채의 이자가 다달이 팔 구원은 들어온다는데 그걸 줄여서는 안 된다면서 여하튼 털실 뜨개질을 해서는. 그러면서 누나가 밥까지 하고. 게다가 이 아이 학자금을…."

아시오 "할머니 아니에요. 그렇지 않아요."

---

30 ** 보(袱: 후쿠사): 선물을 보낼 때 선물에 씌우듯이 위에 올려놓는 네모지게 만든 작은 비단 천을 말한다.

미야자키 "아시오군, 너는 누나가 부업을 하는 게 창피하다고 생각해서 숨기고 있는지 모르지만, 그건 부끄러운 일이 아니야. 자랑해도 좋은 이야기야. 인간은 자기 힘으로 먹고살지 않으면 안 돼. 누나 같은 이는 정말로 훌륭한 거야. 그렇게 우리 집에서는 뒤에서 칭찬하고 있어. 그렇지? 사이토상."

사이토 "그럼. 그건 정말 기특한 거지."

미야자키 모친 "그리고 그뿐만이 아니야. 자기는 학교에 다닐 수 없으니까 이 아이가 돌아오면 곧장 그 배운 것을 베끼는데, 재주가 있고 기억력이 좋아서 지금은 오히려 이 아이가 배워서 예습할 정도가 되었다고 해, 그렇지? 아시오군."

아시오 "그건 정말이에요. 제가 잊은 곳은 모두 누나한테…."

미야자키 "그래? 국어학에서는 아시오군이 나이에 걸맞지 않게 잘한다고 하던데. 그러고 보니 누나의 힘이었어?"

아시오 "네, 돌아가신 아버지가 계셨을 때 누나는 항상 시모다 우타코(下田歌子)[31]상 학교에 다니면서 와카(和歌) 같은 걸 배우거나 책을 읽거나 했기 때문에 필요한 것은 저도 누나한테서 배웠어요."

미야자키 "아하, 그랬구나. 영어는 어때?"

아시오 "제4 리더와 만국사[32]를 읽고 있어요."

사이토 "그건 굉장한데. 재동이라는 것도 괜한 말이 아니네.

나는 화학 쪽 공부만 하니까 아직 아시오군하고 가까워지지 못했었구먼."

아시오 "그러세요? 제 쪽에서는 선생님을 잘 알고 있어요."

미야자키 모친 "그렇겠네. 그렇게 잘하면 금방 좋은 관원이 될 거야."

미야자키 "어머니, 그런 말을 아이에게 하면 뜻하지 않은 실수의 원인을 제공하는 게 돼요. 아시오군, 학문은 관원이 되어서 월급을 받기 위한 게 아니라 이 사회에 이익을 주는 사람이 되기 위해서 하는 거야. 사이토군, 지금의 대학에서도 정치나 법률로 졸업하는 사람은 언젠가는 관원이 되는데, 문학이나 공학으로 졸업하는 사람에 비하면 모두 학문은 잘못하는 사람이 많아. 이렇게 말하면 아전인수 같지만. 아하하

31 * 시모다 우타코(下田歌子, 1854~1936): 메이지와 다이쇼(大正) 시기의 여성 교육자·가인이며 짓센여자학원(實踐女子學園)의 창설자이다. 여성 교육의 선각자이며 여성 교육의 발전을 위해 활약한 사람으로 1882년 자택에서 '도요여숙(桃夭女塾)'을 열고 당시의 정부 고관 부인들에게 고전을 강의하고 와카(和歌: 5.7.5.7.7의 31음으로 표현한 일본의 전통적 시조) 만드는 법 등을 가르쳤다. 1884년에는 창설된 화족 여학교의 교수가 되었고 1893년 봄부터 1895년 8월까지는 황녀 교육을 위한 구미 교육시찰의 명을 받아 영국으로 건너가 황녀 교육을 위한 목적 외에도 일반 여학교의 시찰을 하고 귀국했다. 1908년 짓센 여학교를 설립하고 교장으로 취임하였다.

32 ** 제4 리더와 만국사: 당시의 중학에서는 제4 독본과 만국사를 교과서로 채택하여 영어와 서양 역사를 공부하고 있었다.

하. 그러니까 아시오군도 관원 같은 그런 문자는 머릿속에서 지워버리고, 세상을 위해 일하겠다고 명심하는 게 좋아."

사이토 "관원이라면 야마나카인데, 어떻게 지내고 있을까. 요즘 관청이 잘 나간다는데 승진도 했다고 하고. 한심한 사내인데 저런 게 세상인심에 맞는 건가. 어쨌든 우리 학술인 화학으로 분석하면 눈속임 100분의 70, 아첨 100분의 30 정도되는 인물이지. 아하하하."

미야자키 "그걸로 어찌어찌해서 자네의 3분의 2 정도 월급을 받으니까 관원은 명예도 뭐도 아닌 거야."

사이토 "그렇긴 한데. 요즘은 어떤 소사이어티든 얼굴을 내밀면서 무슨 고관 무리에라도 들어간 양 뽐내고 있다네."

미야자키 "뭐 그건 시노하라 자작(子爵)하고 특히 그 딸내미가 역성들면서 끌고 다니니까 그런 거지."

사이토 "그 딸내미하고는 뭔가 있다는 소문을 들었는데."

미야자키 "그런 건 절대 아닐 거야. 야마나카가 얼굴이 좀 되는 데다가 저렇게 경박한 편이고 과전이하(瓜田李下)[33]의 혐의 같은 것도 상관 안 하니까. 게다가 이쪽도 이상할 정도로

---

33 과전이하(瓜田李下): '과전불납리 이하부정관(瓜田不納履 李下不整冠)'이라는 한문 문구. 오이밭에서 신을 고쳐 신지 말고 자두나무 밑에서 갓을 고쳐 쓰지 말라는 말로, 오이 도둑, 자두 도둑으로 의심받는다는 뜻이다.

찰싹 달라붙는 성질이니까 시샘하는 사람들이 괜히 이러쿵 저러쿵하는 거지. 그러고 보니 자네는 그 여학교도 겸임하고 있었지? 시노하라댁 딸내미는 중퇴했다든가."

사이토 "중퇴는 했지. 원래 피아노 같은 건 잘 쳤는데 다른 것은 생김새만큼 잘 나가질 않으니까 내년 졸업도 어떻게 될지 고민할 정도였어. 중퇴도 좋지. 그래도 영어만은 야마나카가 항상 가르치러 가서 요즘은 좀 잘하게 되었다고도 하던데. 시노하라상은 아버지의 영향도 있고 사교장에 너무 나가니까 여학교에서도 한때 화제가 되기도 했지. 뭐 장래가 촉망되는 학생은 우리 학교에는 없어. 그래도 그 핫토리(服部)상은 사숙(私塾: 사립학교)[34]에 다니는데 온순하고 영리하고 건방진 데가 없으니까 기특하지."

미야자키 "그래 맞아. 내 동생 후쿠코(福子)도 같은 학교에서 공부하고 있는데, 나이에 걸맞지 않게 친절하게 대해줘서 기특해."

아시오 "안녕히 계세요."

모친 "응? 더 있지 왜, 벌써 돌아가려고? 누나한테 고맙다고 전해줘."

---

34 ** 私塾: 당시의 사설(私設) 교육 기관이다. 미야케 가호가 다닌 아토미(跡見) 여학교도 사숙이다.

여학교 기숙사

[핫토리 나미코(服部浪子)/ 미야자키 후쿠코(宮崎福子)/ 사이토 마쓰코(齋藤松子)/ 아이자와 시나코(相澤品子)- 모두 여성, 학교 친구]

침구 수납장 옆에 있는 한 칸의 도코노마(床の間)[35]에는 책장과 옷장이 같이 들어가 있고 잉크를 흘린 흔적도 곳곳에 남아있다. 옷장 앞에는 양철로 된 작은 금속 대야 속에 머리 손질하는 헝겊 조각을 단정히 접어서 넣어 놓았다. 그 옆에 두세 개의 빗치개와 빈모빗(鬢櫛)이 눕혀 있지만, 주변은 과

---

35 ** 도코노마(床の間): 일본식 방(주로 객실)의 상좌(上座)에 바닥을 한층 높게 만들어 장식하는 곳으로, 원래는 그 벽에 족자를 걸고 바닥에는 꽃이나 장식물을 꾸며 놓는다.

연 질서정연하고 어질러진 것도 없다. 지금 심부름꾼이 가져 온 듯 보이는 보자기 꾸러미를 앞에 두고 창가에 기대어 있 는 한 명의 학생. 후지산 모양을 한 이마(富士額)[36]의 앞머리가 난 언저리에 손을 푹 질러 넣고 앞머리가 내려온 것을 몇 번 이고 매만져 올리면서 서시빈목(西施矉目)[37]을 따라 하는 건지 소복한 눈썹 주변을 약간 찡그리고 입속으로 편지를 읽고 있 는 그때 막 이쪽으로 다가온 여학생. 눈은 자못 큼지막하지 만 어딘가에 애교가 있다. 가만히 미닫이문을 열고.

여학생(미야자키) "핫토리(服部)상, 오늘은 집에 안 가요?"

핫토리 "네, 지금 편지가 왔는데 오늘은 집에 오지 말라네요."

미야자키 "그래? 북적여서 좋네. 저, 영어사전 있으면 좀 빌려 줄래요?"

핫토리 "그래요. 자, 가져가요. 지금 뭔가 보내 왔으니까 들어 와서 드시고 가요."

---

36 ** 후지산 모양을 한 이마(富士額: 후지비타이): 이마의 머리가 난 부분이 M 자 모양인 것을 말하는데, 후지산(富士山) 모양을 닮았다고 해서 붙인 이름 으로, 미인의 조건으로 친다.

37 * 서시빈목(西施矉目: 세이시힌모쿠): 중국 월나라의 미녀 서시가 가슴이 아 파 눈을 찌푸리고 있었는데, 그 모습을 본 못생긴 여자가 흉내를 내서 남 들이 더 싫어했다는 고사에서 유래한 말로, 무조건 남을 흉내 내다 웃음 거리가 되는 것을 비유하는 말이다.

미야자키 "고마워요. 그럼 저 사이토상도 부를게요. 사이토
상- 사이토상-."하고 옆방 입구에서 부른다.

사이토 "왜요? 난 오늘 졸려 죽겠어요. 그런데 실은 엊저녁에
도 8시쯤에 교실에서 졸았어요. 아이자와(相澤)상이 깨워줘
서 깜짝 놀라 방에 돌아가서는 잠옷으로 갈아입지도 않고
자버렸어. 아-함."하고 크게 하품을 하면서 쾅하고 미닫이
문을 닫고 들어왔다.

미야자키 "어머나, 사이토상. 되밀려 덜 닫혔으니 하수의 한치
네요.[38]"

사이토 "뭐 어때요. 너무 꽉 막혀 있으니까 탄소도 좀 내보내
야지."

미야자키 "어이구 말도 잘 하서. 말솜씬 줄지도 않네."

사이토 "말솜씬 안 줄어도 뱃속은 줄어들어 배가 고프네요.
뭔가 나도 같이 잔치에 끼고 싶네."

미야자키 "그래서 초대해 드린 거지."

사이토 "초대해 주셨으니 오셔 드린 거지…. 뭐예요 이거. 아,
집에서 보내왔구나. 보자기를 풀어 볼게요. 어머나, 후게쓰

---

38 하수의 한치(下手の一寸: 게스노잇슨): 속담 "하수의 한치(약 3.03cm), 아둔한
세 치, 바보의 열어두기(下種の一寸, のろまの三寸, 馬鹿の明けっ放し)"에서 따
온 말로, 문을 다 닫지 않은 것을 조롱하는 말이다.

도(風月堂)[39]의 카스테라에 땅콩이 한 봉지. 이 봉지는 5전짜리 봉지네. 이 찬합 밑에는… 어머나, 반찬이잖아. 뱅어하고 쇠귀나물 손 요리는 틀림없이 주임관(奏任官)[40]의 마나님이 오나미(お浪: 나미코)한테 먹이고 싶어서 만드신 거네. 아아, 하해 같은 부모님 은혜"

미야자키 "사이토상, 수다만 떨고 있으면 내가 다 먹어버릴 거예요."

사이토 "그런데 있죠-. 나 어젯밤에 이상한 꿈을 꿨는데요. 후쿠쨍[41](福子)이 말예요, 여자가 돼서 우리 오빠한테 시집오고 싶다고 하길래, 그런 말 하지 말고 진짜 남자가 되어서 내 남편이 되라고…. 오빠는 말예요 야회에서 만나는 미스 핫토리라는 사람을 아주 좋아하니까. 딱하네요, 라고 했더니 후쿠쨍이 화를 내서."

미야자키 "저기요-, 사이토상 이제 그만해요. 자아." 하며 카스테라를 펜나이프로 잘라서 내놓는다.

---

39 ✱✱ 후게쓰도(風月堂): 1747년에 오구라 기에몬(小倉喜右衛門)이 오사카(大阪)에서 에도(江戶)로 올라와 제조 판매한 일본식 과자점을 기원으로 하며, 메이지 시대 이후에는 지점도 생기면서 유명해졌다.

40 ✱✱ 주임관(奏任官: 소닌칸): 메이지 헌법 하의 고등관으로 3등 이하 8등까지에 해당했다.

41 ✱✱ 쨍(ちゃん): 어린이나 아주 친근한 사이에, 이름 뒤에 붙여 부르는 호칭.

사이토 "메니- 메니- 땡큐 포 유어 카인드."라고 더듬거리는 영어로 재잘거리며 살짝 집어서는.

사이토 "그리고 있죠, 미야자키상."

미야자키 "이제 그만해요. 자기는 성격이 좋아 상관없겠지만. 진짜 적당히."

사이토 "네네 죄송합니다-. 그럼 난 아이자와(相澤)상을 데려와서 같이 수다나 좀 더 떨어야겠네."라며 후다닥 입에 문 채로 뛰어간다.

미야자키 "진짜. 퀵모션(Quick motion)인 사람이네-."

핫토리 "그래도 저분은 오빠를 닮아서 상당히 재능이 있어요. 얼마든지 저런 사람은 있는 거니까요."

미야자키 "그래도 정말로 싫은 건 저 시건방(동기 생도일까)씨지-. 쓸데없이 체면만 차리고 뭔가 자기 작문 점수가 나쁘기라도 하면 '이거 참 바빴던 게 안 좋았어' 어쩌고 변명만 늘어놓고. 그런 주제에 서양은 좋아하셔서 외국인 내지잡거(内地雜居)[42]를 하게 되면 이렇다저렇다 말도 많다니까요. 난 너무 기분이 안 좋았어요. 언젠가 자기의 그 작문 말예요-.

---

42 내지잡거(内地雜居): 외국인을 일본 국내에서 자유롭게 살게 하는 것이다. 외국인 거주권에 관한 문제로, 1887년 전후에 논의되었다.

나는 다 외우고 있어요…. '성현의 가르침도 자기 위주로 해석해서 듣게 되면 혼란에 빠지는 일이 있을 것이다. 비천한 사람들이 부르는 유행가도 마음을 담아 들으면 가르침이 되지 않는 것은 없다. 참으로 그곳에 살지 않으면 이것을 얻더라도 키워낼 수 없다. 그 사람이 아니면 이것을 말하더라도 들리지 않는다…'. 나는 이 작문이 너무 좋아서 본보기로 삼아 말을 삼가고 있었어요.

핫토리 "기억력이 좋으시네. 당사자인 나는 잊어버렸는데. 그러고 보니 시노하라상네도 그 오빠가 어제 귀국하셨다죠?"

미야자키 "어머나, 그분은 H(husband의 에이치)잖아요."

핫토리 "H지만 인게이지(engage)만 했으니까 하마코상도 오라버니라고 부르고 계시고요."

미야자키 "그러고서 어쩔 셈일까요. 품행이 저래서야 어디 아내가 될 수 있겠어요?"

핫토리 "그런 말씀 마세요. 저분은 상당히 교육도 많이 받았고, 그런 일은 없어요. 그건 세상의 뜬소문이잖아요. 요즘은 높은 분들은 모두 문명국에 뒤지지 않겠다고 야회다 뭐다 진력하는데, 우리 아랫사람들은 본 적도 없는 것 투성이니까 역시 생소한 것은 멀리하거나 멸시하거나 하잖아요. 그러다가 좀 희한한 게 있으면 꼬리에 꼬리를 물고 그것을 나쁘게 말해서 아무것도 모르는 사람한테까지 모두가 가지각색의 풍문을 퍼트리니까 사람 입만큼 무서운 건 없어요. 나처럼 소극적이어서도 안 되지만, 글쎄, 아직 사회에 나가지 않고 학생으로 있는 동안은 가능한 한 지나치게 소극적일지라도 함부로 나서지 않는 쪽이 좋다고 생각해요."

미야자키 "정말 그러네요-. 자기가 말하는 건 내 맘에 쏙 들어요."

때마침 조금 전의 사이토가 아이자와를 뒤좇아서 쿵쾅거리며 뛰어 들어왔다.

아이자와 "(헐떡이며) 아유 힘들어, 힘들어."

미야자키 "무슨 일이에요?"

아이자와 "저 사이토상한데 스냇치(snatch) 당할 뻔했어요. 이 감자를 말이에요. 니시무라(西村)상이 줘서 먹고 있었는데 사이토상이 와서 뺏으려고 했단 말이에요. 장난꾸러기야."

사이토 "그니까 내가 카스테라를 대접해 줄 테니까 교환하자고 한 거잖아."

아이자와 "어머, 사이토상 말이 진짜였어? 여기에 카스테라가 있네. 그럼 이거 줄게."

미야자키 "어머나, 계산도 빠르셔."

아이자와 "하지만 섭스탄스(substance: 실체)를 보지 않고서야.

사이토상은 라이아(liar)니까."

사이토 "어머, 사람을 매도하다니 너무하셔."

미야자키 "자, 그런 이야긴 됐고, 본론이 중요하죠. 어서 이리 와 드세요-."

여학생들은 같이 게걸스럽게 먹는다.

아이자와 "어머나, 이제 없어지겠어."

사이토 "뭐 그래도 좋아요. 내일 핫토리상은 집에 갈 거니까. 없어져도 괜찮아."

핫토리 "그래요, 얼마든지 들어요. 나는 내일 레슨할 부분을 좀 봐두고 싶으니까 실례할게요."

아이자와 "그만 해요. 내일은 쉰다면서요. 봐두지 않아도 되지 않아요?"

미야자키 "진짜, 핫토리상처럼 공부하면 몸이 못 따라갈 텐데 요-."

사이토 "나 같은 건 쉬는 날에 배우는 부분은 본 적도 없어요."

아이자와 "그래도 시험 전날엔 너무 걱정되니까 나도 요전에 2시 정도까지 일어나 있었는데. 그러고도 저런 낮은 점수가 나오니까 정말 한심했어."

미야자키 "어머나, 참 대단하셔-."

핫토리 "그렇지만 몸에는 심하게 독이 될 거예요-. 여학생은 남학생보다 배포가 작아선지 그다지 게으름을 피우진 않는대요. 그러니까 그렇게까지 공부를 권하지 않더라도 자신에게 맞는 방법으로 공부를 잘 해 나간대요. 그런데 요즘은 지나치게 여자한테 학문을 시켜서, 그게 또 큰 문제라네요. 아이자와상처럼 너무 과도하게 공부하면 정신이 약해져서 약한 아이가 생겨난대요."

아이자와 "저런, 또 그런 이야기네. 누가 시집 같은 거 간다고."

미야자키 "그런 말 잘도 하네요. 선생님이 돼도 시집은 가는 게 더 좋대요."

아이자와 "그래. 선생님이 되면 남자 같은 거한테 무릎 꿇고 앉아서 시중들거나 하진 않지-."

핫토리 "그래서 요즘은 학자들이 여자한테는 학문을 시키지 말고 모두 무학문맹으로 만들어버리는 쪽이 좋을 거라는 설(說)[43]이 있대요. 여자는 좀 학문이 있으면 선생님이 되어서 서방님은 필요 없다고 하니까 인민이 번식을 못 해서 애국심이 없어지는 거래요. 메이지 오륙 년쯤[44]에는 여자의 풍속이 상당히 나빠져서 어깨를 으쓱대며 걷기도 하고, 마치다카 하카마(襠高袴)[45]를 입거나 뭔가 입에서 주제넘게 강개(慷慨)한 말을 하기도 하고 참으로 나쁜 풍속이었다고 해요. 그래도 요즈음 상당히 고쳐지고 있다고 생각했었는데 다시 서

58

양에서는 여자를 존중한다든가 어떻다든가 하는 것을 듣고
약간 또 되돌아갈 것 같다고 해요. 그래서 지금의 여학생에게
는 큰 책임이 있대요. 그 셰익스피어가 '낯가죽이 두꺼운 여
자는 남자가 여성스러운 것과 똑같다'며 바람직하지 않다고

43 ** 1867년에 존 스튜어트 밀(John Stuart Mill, 1806~73)이 영국 하원에
서 처음으로 부인참정권을 요구하고, 1869년에 The Subjection of
Women(『여성의 종속(女性の隷從)』)을 발간한 이래, 일본에서는 1872년에
예창기해방령(芸娼妓解放令)의 발령과 후쿠자와 유키치(福澤諭吉)의 남녀동
권론(男女同權論)이 제창되었고, 1873년에는 모리 아리노리(森有礼, 1847-
1889)가 「처첩론(妻妾論)」의 발표로 일부일처제를 주장하며 여성의 권리
에 대한 화제를 일으켰다. 1880년대의 자유민권운동의 기시다 도시코(岸
田俊子), 가게야마 히데코(景山英子) 들에 의한 부인해방운동 등이 메이지
의 여성론에 큰 영향을 주었다. 1885년에는 일본의 교육부 장관(文部大臣)
에 취임한 모리 아리노리가 '현모양처교육'을 국시(國是)로 해야 한다는
성명을 내고 '생도교도방요항(生徒教導方要項)'을 전국의 여학교와 고등여
학교에 배포하였다. 1886년에는 야지마 가지코(矢嶋楫子)가 도쿄기독교부
인교풍회(矯風會)를 조직하여 일부일처제 요구, 폐창(廢娼) 운동, 부인참정
권 요구, 치안경찰법 개정운동 등을 하며 부인복지를 위해 애썼다. 그러나
1890년 7월 '집회 및 정사법(政社法)'이 공포되면서 여성의 정치활동은 금
지되었고, 여성해방운동은 그에 대한 반발도 있어 10년 정도로 시들어버
렸다.
44 ** 메이지 오류 년쯤: 메이지는 1868년 10월 23일부터 1912년 7월 30일
까지의 기간인데, 메이지 5(1872)년에는 학제(學制)라는 일본 최초의 근대
적 학교 제도를 정한 교육법령이 만들어져, 신분·남녀의 구별 없이 모두
가 교육받을 것을 목표로 했다.
45 ** 마치다카 하카마(說高袴): 남성의 일본 옷으로 겉옷인 하오리(羽織)와
함께 갖춰 입는 정장인데, 바지(하카마)의 다리 넣는 데가 다른 바지에 비
해 높은 곳에서 갈라지도록 만들어져 있다.

말했고요. 또 무엇보다 나폴레옹은 '프랑스를 개량하는 것은 선량한 어머니'라고 말했어요. 그러니까 여자에게 만약에 학문을 시키지 않으면 좀체 선량한 어머니도 나올 리 없고 학문을 시키면 뻔뻔스럽고 억지가 센 여자가 나올 테니 뭐든 한가지 전문적인 것을 정해서 그것을 잘 공부해서 남에게 거만하고 건방지게 하지 못하게 해서 온순한 부덕을 파손하지 않도록 하지 않으면 안 된대요. 그러면 자손도 재자 재녀(才子才女)가 생겨나서 문명 각국에 부끄럽지 않은 신세계가 될 거라고 어느 분인가가 말씀하셨어요."

사이토 "아아 뭐야 뭐야. 나는 그런 말을 들으면 정말 싫더라. 아무리 열심히 학문을 닦아도 부인이 되면 뭔가를 해야 하고 성가셔서 싫어요. 나는 독립해서 미술가가 될 거야. 화가가 될 거야. 예술 중에서 가무음곡(歌舞音曲) 그 밖에 한두 개를 빼고 나면 그 뿌리는 모두 그림이래요. 그러니까 그림은 예술의 킹(King). 아니, 페미닌(feminine) 쪽이려나? 그럼 퀸(Queen)이네…. 나는 꼭, 꼭 그림 그리는 화가가 될 거야."

아이자와 "아니 사이토상이 화공이 되겠다니. 이렇게 성가신 거 싫어하는 주제에 말이에요."

핫토리 "사이토상이 그래도 일심일도(一心一到)니까 화가가 될 수 있을 거예요."

아이자와 "어머나, 그럼 나도 일심일도인데 요전에 이과에서 높은 점수를 땄으니까 그걸 본보기로 해서 이학자가 되어 볼까나. 미야자키상, 자기는?"

미야자키 "나는 이 학교를 졸업하면 부인이 될 거야. 오나미상, 자기도 그렇지요?"

핫토리 "글쎄-. 나는 문학을 좋아하니까 문학사나 뭔가 그런 사람한테 가서 부부 맞벌이라도 할까?"

사이토 "참 사이가 좋겠네. 나는 남편 같은 건 정말 정말 갖고 싶지 않아요."

미야자키 "그럼 오나미상은 우리 오빠한테 시집오시면 좋을 텐데. 그렇다면 대환영인데"

아이자와·사이토 "그러게요."라고 아직 천진난만한 처녀의 마음으로는 남의 마음속을 헤아리지 못하고 뜻하지 않게 입 밖에 내니 모두 함께 놀려댄다. 이제 와 쓸데없는 소리를 했다고 할 말을 잃은 마침 그때.

딱딱딱. "점심시간 알리는 딱따기 소리네요. 자 갑시다." (뛰어나가는 소리) 쿵쾅쿵쾅쿵쾅

도락시대(道樂時代)

[마부/ 인력거꾼/ 시노하라 쓰토무]

　두 명이 끄는 인력거[46]가 조석으로 드나든다. 후게쓰도(風月堂)의 과자 상자, 술안주 바구니 등을 가져온 서생이며 인력거꾼 등이 문 앞에 끊임없다. 여기는 시노하라 자작(篠原子爵)의 저택인데 일전부터 이 집 주인은 상당히 심한 중태에 빠져 있다. 아무개라고 하는 독토르(Doktor)도 고개를 저

---

46 ** 두 명이 끄는 인력거: 인력거는 메이지 시대부터 이동수단으로 사용되기 시작했는데, 보통은 혼자서 끌었으나, 급할 때는 두 명 이상이 끌거나, 때로는 밀거나, 교대하기 위한 요원의 인력거꾼이 같이 달리기도 하였다.

을 정도가 되니 집안의 혼잡함은 이루 말할 수가 없다. 이즈음 양자인 쓰토무(勤)가 귀국한 이래 '이렇게 바빠서야 어디'하는 분위기로, 손님 맞는 서생의 푸념도 들려온다. 오늘은 좀 좋은 것 같다며 아래위 다 같이 마음 편히 지내기도 했었는데 어느샌가 하녀의 웃음소리도 귀에 거슬릴 정도가 되었다.

야마나카는 언제나처럼 병간호를 한답시고 뭔가 하마코 방에서 열심히 한창 이야기를 하는 중이다. 쓰토무는 귀국한 이래 뭔가 느껴지는 게 있어서 번뇌로 마음이 즐겁지 않다. 책상을 마주하면 오로지 신경의 움직임만이 심해져서 점점 더 혼란스러워지는 망상을 피할 길이 없다. 산책은 지극히 적당한 치료법이라고 생각하지만, 양아버지가 병환 중에는 남의 눈도 있으니까 제멋대로 밖에 나갈 수도 없다. 그러는 사이에 하마코의 방이나 혹은 부엌 등에서 때때로 들려오는 웃음소리도 제법 부아통이 터지는 원인이 되었다. 걸핏하면 천정을 째려보며 눈싸움을 하곤 심한 괴로움으로 말이 없다. 아아, 이 신경이라는 건 무서운 것이다. 때에 따라서는 귀신 요괴가 눈앞까지 습격해 온 것처럼 보이는가 하면 어느샌가 아리따운 여성 옆에 서 있다고 생각하게 되는 등 천변만화(千変万化) 가지각색으로 바뀌어 간다. 참으로 번민하는 시기의 현실은 이것 역시 일장춘몽일지라. 조금 있다가 약간 꿈이 깬 듯한 모습으로 하품 두어 번 하고 천천히 일어나서 미닫이문을 열고 뜰에 나가 화단 주변을 세 차례 정도 할 일 없이 돌다가 일부러 하마코의 방 근처를 피해 바깥쪽으로 서서히 걸어나갔다. 마부의 방 쪽 부근에서 속삭이며 이야기하는 소리 웃는 소리가 들렸다. 아랫사람의 일에 익숙지 않은 귀에는 너무 신기하다는 생각이 들어서인지 천천히 다가가서 들으려고 하니까 주인 발소리를 알고 달려온 큰 사냥개가 아양을 떨면서 발밑에 달라붙었다. 눈으로 제지하고 허리를 약간 굽혀 그 머리를 쓰다듬으며 들었다.

인력거꾼 "있잖아, 요전엔 말야, 난 정말 속이 뒤집혀서 글쎄."

마부 "왜? 뭔 일 있었어?"

인력거꾼 "뭔 일이고 뭐고. 자네 앞이라 뭐하지만. 자네 집 그 날라리 아가씨가 말야. 예의 그 과부네 집에 찾아와서는 지금 거기 있는 야마나카라는 녀석을 꾀어내서 무코지마(向島)[47]까지 몰래 가볼 요량으로 같이 외출한 것 같애. 초장엔

---

47 ** 무코지마(向島): '저쪽 섬'이라는 뜻이지만 섬은 아니고, 도쿄 스미다구(墨田區)에 있는 지명으로, 화류계를 총칭하기도 한다.

내가 순진하니까 그런가보다고 생각했지. 과부하고 거시기한 사이라는 소문이 있는데 상대가 다른 것은 이상하다고 생각하면서 말야. 꽃구경하는 시기와 달라서 인적이 드물잖아. 그러자 그 자식이 날라리 아가씨의 인력거에 같이 타고 나가서는 엉뚱한 곳에 들어갈 것 같잖아. 어쩔 수 없지, 우는 아이와 마름에게는 못 당한다고. 바보 같은 낯짝을 하고 나는 텅빈 인력거를 끌고 뒤를 따라갔지. 그랬더니 그 안쪽의 우에한(植半)[48] 요정에 들어가서 점심을 먹잖아. 너무 화가 치밀어서 하다못해 엔스케(円助)[49]라도 뜯어내야겠다고 생각했더니 약삭빠르게 선수를 쳐서 그 반인 한스케(半助)를 주네. 흥, 사람을 우습게 보는 거지. 한스케 정도로 입 다물고 참을 수가 있겠냐고. 자네 앞이지만 난 엄청 맘 상하더라고."

마부 "어쩐지, 요전엔 희한하게 기모노 차려입고 나가더라니."

인력거꾼 "아버지는 모르나?"

마부 "전혀 알 턱이 없지. 이놈 저놈 모두 돈 재갈을 물리고 있으니 쉬쉬하는 비밀이지."

---

48 우에한(植半): 에도시대부터 무코지마에 있는 요정으로, 고급 요정으로 유명하다.

49 * 엔스케(円助): 1엔(円)을 말하고, 그 반인 한스케(半助)는 50전이다. 메이지 시대부터 쇼와(昭和) 초기에 이르기까지 화류계에서 쓰던 말이다.

숙덕거리다가 흥이 돋아서 엉겁결에 목청을 높이며 이야기하는 것을 쓰토무는 엿들었다. 아까부터 몇 차례나 귀를 쫑긋하며 듣고 있었는데 그냥 곧장 일어서려고 하다가 다시 생각을 바꿀 이유가 있었는지 아직도 엿듣고 있었다.

마부 "근데 말야, 생각해 보면 희한할 것도 없는 일이지. 나 같은 게 가는 곳은 모두 지위가 높은 집인데 대개는 뭔지 모르게 이상한 데가 있단 말이지."

인력거꾼 "대체로 그런 건 서양 티를 내는 작자한테 많지 않아?"

마부 "글쎄 뭐 그건 아직 세상이 개방되지 않아서 그렇대. 어떻든 간에 저녁만 되면 '안녕하세요' 하면서 새틴(satin) 허리띠 같은 뭐 그런 거 늘어뜨린 허릿짝을 어느샌가 집닭 엉덩이처럼 치켜세우고 시치미 떼고 사는 그런 세상 아닌가. 요전에 말 잘하는 사람이 그럴듯한 말을 하더라고. 지금 시대는 도락(道樂) 시대라는 거래. 여자하고 노닥거리고 싶을 때는 서양풍습을 꺼내 들고 첩을 두고 싶을 때는 옛날풍습을 꺼내 든대. 한쪽만으론 성에 안 찬다는 거지. 그런데 우리처럼 요게[50] 없어서야 도락 시대라도 방법이 없지 않겠어? 아하하."

---

50 ** 요게: 애인이나 돈을 직접 말하는 대신 사용한 말이다.

시시껄렁한 이야기를 하는 사이, 부엌 쪽에서 부르는 소리가 났다.

"야마나카상이 떠나십니다."

쓰토무는 서둘러 일어섰다. 그런 건지 아닌지 여러 가지 생각. 어지러운 마음으로 굽 없는 나막신도 소리 나지 않게 살금살금 걸어서 뜰 쪽으로 돌아갔다.

부인의 미덕

[시노하라 쓰토무/ 사이토/ 미야자키 이치로 — 24, 5세. 모두 남자, 동창 친구]

　더위가 쇠를 녹인다고도 할 만큼의 음력 6월, 내건 행등(行燈)에 유센야도(遊船宿)[51]라고 써 놓은 가게에 불쑥 들어온 남자의 나이는 스물네다섯일 것이다. 콧날이 서고 피부는 희고 눈가는 평범해 보이지만 어딘지 모르게 예리한 데가 있고 소위 '바위 밑의 번개'라고도 말하고 싶다. 입은 오히려 너무 작은 편인데 약간의 팔자 수염을 기르고 있다. 키가 아주 큰데 줄무늬 플란넬(flannel)의 엷은 옷감으로 셔츠를 지어

51　✱✱ 유센야도(遊船宿): 뱃놀이하는 배를 빌려주는 가게이다.

입고 재킷과 같은 색의 즈봉(jupon)을 갖춰 입었다. 가는 스틱을 손에 들고 대형의 파나마 해트(Panama hat)를 머리에 쓰고 일부러 박쥐우산은 들지 않았다.

가게 여주인 "어머나 스루가다이(駿河台)[52]의 젊은 도련님. 오랜만이시네요. 요전에 서양에서 돌아오셨다고 미야자키상한테서 들었는데요, 잘 오셨어요."

시노하라 "온 지 열흘 정도 됐는데 오늘은 너무 더워서. 그 미야자키하고 바람 쐬러 나가자고 약속했으니까 이내 오겠지. 야네(屋根)[53] 한 척 준비해 주게."

여주인 "술은 있어야지요? 안주는요?."

시노하라 "거기 있는 스톡(stock)으로 세 병 정도 하고 안주는 세 가지 정도 적당히 정하고. 놀다가 어딘가에 들어갈 테니까 많이는 필요 없고."

마침 그때 미야자키가 사이토와 함께 들어 왔다.

사이토 "여어, 먼저 올 생각이었는데."

어쩌고 하는 사이 배도 준비되자 일동은 그것에 올라탔다.

미야자키 "오 년이라고 하면 오래된 것 같지만 이렇게 되고 보

---

52 ✱✱ 스루가다이(駿河台): 도쿄 지요다구(千代田區) 북부의 지명이다.

53 ✱✱ 야네(屋根): 지붕이라는 뜻인데, 야카타부네(屋形船)로 지붕이 있는 놀잇배를 말한다.

니 빠른 거네. 서양에 가 있던 동안에 여러 가지 이야깃거리도 생겼을 테고. 자네가 하는 일이니까 학술 면에서는 발명에 관한 주장도 있을 테니 물어보면서 천천히 들어보려고 생각은 하고 있었는데, 춘부장께서 여하튼 좋지 않으시니까 편치 않을 것 같아 꺼려져서 격조했네."

사이토 "나도 그렇네. 그래 요즘은 어떤가."

시노하라 "나도 그렇지 뭐. 자네들 같은 동창 친구를 만나서 느긋하게 이야기를 나누고 싶지만, 아버지가 저런 상태여서 밖으로 나갈 수도 없는 형편이니 생각대로는 되지 않네. 그래도 이 삼 일 전부터 부쩍 상태가 좋으셔서 오늘 보자고 청한 거네."

미야자키 "서양에 가 있는 동안에는 번번이 편지를 보내줬는데 늘 그 편지쓰기가 게으른 탓에 세 번에 한 번도 답장을 못 보냈네. 내가 도쿄의 현황을 신문 문체로 보고한 그 답장으로 일본인은 메스머리즘(mesmerism)에 홀린 사람처럼 서양인의 손끝 움직임을 따라 여러 가지 흉내를 낸다고 하는 의견이었는데, 알고 있던 지론과는 몹시 다르더군. 세상 사람은 서양에 가면 서양을 좋아하게 되는데 자네는 싫어하게 되었나 하고 친구들은 의아하게 생각했다네."

시노하라 "과연 의아하게 생각도 했겠지. 내가 오 년의 서양

생활에서 얻은 것이라고 하면 좀 과장된 것 같은데. 어쨌든 그런 거라네. 아니 뭐야, 얼음이 녹아서 이젠 얼마 안 남았네. 자 한 잔 드시게. 선장님 어딘가에 배를 대고 얼음을 두 근쯤 사주지 않겠나."

미야자키 "시노하라군, 때마침 자네가 귀국했으니까 조속히 무슨 이야기가 있을 텐데, 그렇지? 사이토군. 나도 축하연에 초대받아 가려고 기대하고 있는데 춘부장께서 병환 중이라 아직 그럴 만한 상황이 못 되는 거지?"

사이토 "정말 자네는 행운아네. 춘부장께선 이전까지의 공로라고는 하지만 화족 반열에 오르셨고, 레이디는 재색 겸비에다가 근래에는 영어도 능숙하지, 피아노 같은 것도 특히 잘 치지, 댄싱이다 뭐다 귀녀(貴女)들의 사교에서도 부끄럽지 않지, 참으로 자네와는 한 쌍의 옥(連璧)이라고 친구들 사이에서도 평판이 자자하네."

시노하라 "하기야 그럴지도 모르지만, 나는 어쨌든 재미없으니까. 혼인하는 것은 어떻게 할까 고민하고 있네. 이것도 자네들 둘이니까 내 시크릿(secret)을 숨김없이 털어놓고 말하는 건데 아는 바와 같이 나를 대여섯 살 때부터 키워주시고 부모님도 그녀와 결혼시키면서 집을 물려주시겠다고도 하시고 큰돈을 들여서 유럽 유학도 보내주셨으니 이제 와 그녀를 싫다고 하면 내 속으로 돌아봐도 심히 도덕적으로 부끄러운 거지. 게다가 저 집을 나오면 지금까지의 은혜를 저버리는 것이고 이것저것 생각해 보면서 실은 갈림길에서 방황하고 있다네. 결혼식은 아버지의 병환을 다행으로 질질 미루고 있는 것이긴 하네만."

사이토 "이거 좀 뜻밖이네. 서양에 간 뒤로 자네의 논조가 어지간히 변했지만 그러고 보니 논조만이 아니구만. 남들도 부러워하는 혼처를 이러쿵저러쿵하다니 수긍이 안 되네. 아- 알았다. 서양이 싫어졌다고 하면서 실은 뭔가, 최근 유행하는 골든헤어(golden hair)의 규수와 언약해 놓았는데 머지않아 그녀가 찾아온다고 하는 그런….

시노하라 "어처구니없는 혐일세. 정말로 아무것도 없는데, 요컨대 싫어졌다고 하는 이유는 평생 고락을 함께하겠다는 결심이 서지 않기 때문이라네. 하지만 자네들이 말하는 것도 틀린 건 아니지. 과연 내 생각은 크게 변했네. 유럽에 두루 다녀보니 좀체 여기에서 상상하며 서책 속에서 찾고자 한 것과는 크게 다른 바가 있었네. 참으로 활연(豁然)히 깨달은 바가 있어. 여하튼 인간은 도덕이 소중하다는 것을 알게 되었다네."

사이토 "호오, 그래서."

시노하라 "그런데 귀국해 보니 아버지가 바로 그 양벽가(洋癖家)잖아. 게다가 그것에 푹 빠져 있으니까. 그래 지금 파리(巴里)에서는 어떤 머리 모양이 유행하느냐 어떤 복장이 유행하느냐며 그런 것만 물으려고 하신다네. 나는 서양의 학문과 예술에는 감동하지만, 풍속에는 결단코 심취하지 않는데 말이네. 남녀가 서로 끌어안고 무도하는 그런 건 그다지 보기 좋은 것도 아니라네. 물론 소년 소녀가 아직 혼인하지 않았다면 혼인하기 위한 수단의 하나로서 중국에도 소위 중양(仲陽)에 남녀가 만난다고 하는 방식도 있긴 하지만. 그렇다 해도 정말 음풍(淫風)이 아니라고는 말하기 어렵네. 야만 풍속의 흔적이지. 그런데 남편이 있는 부인은 그 남편과 무도하지 않는다는 것인데 왜 그럴까? 천년을 약속하고 한 몸과 같다고까지 말하는 부부니까 부부끼리 끌어안고 춤추는 것이야말로 재미도 있고 즐겁기도 할 것 같은데 꼭 타인과 춤추지 않으면 안 된다니. 그 극점(極点)을 한번 말해 보면 어떨까? 서방질이 아니면 시시하다고 하는 그런 논리가 아닌가. 코르셋으로 가슴을 묶고 위생과 상관없이 오로지 속된 안목이 좋아하는 것을 따르는 그런 것도 중국에서 발을 졸라매어 작게 하는 전족과 오십 보 백 보의 논리라네. 이런 것을 말하기 시작하면 얼마든지 있다네. 그래서 나는 서양의 풍속에는 감동하지 않네. 요전에도 아버지의 병간호를 하면서 아무튼 서양풍속에 관한 이야기가 나왔는데 나도 모르게 도덕론을 내세워서 무도에 관한 것 등등을 이야기했더니 아버지는 그런 부분이 사교에서 극히 친밀한 점이고 좋지 않으냐고 하시던데 환자에게 거역하기도 그렇고 해서 잠자코 있었다네. 그런데 '오라버니는 서양에 간 보람도 없이 아직도 중국풍의 남녀칠세부동석이라는 고루한 논리를 말씀하시네요. 흐-응' 하고 코웃음을 치는데 그 흐-응이 뼛속을 스쳐 오싹한 기분이 들었다네. 그러고 나서 갑자기 싫어진 건데 아버지께는 의리도 은혜도 있으니까 싫지만 싫다고도 못하고 정말로 가슴앓이를 하고 있다네."

사이토 "그렇다고 해도 세간에서의 평판에는 그 아가씨라면 관원 누구의 마담이라고 내놓아도 사교를 할 수 있다고 할 정도라네. 그러니 그렇게 성급하게는…."

시노하라 "자네가 한 그 말인데. 나는 그 관원이 하기가 싫어졌어. 관원이 되었다고 한들 사회에 얼마만큼의 이익을 줄 수 있겠는가? 나는 워싱턴보다도 프랭클린을 경모(景慕)하네. 프랭클린도 관원이 아니라고는 할 수 없지만, 워싱턴이 보스턴에 정의의 깃발을 나부끼고 30여 주(州)를 통일하여 아메리카에 연방을 창립하고 지금은 유럽 각국과 견주어 부끄럽지 않은 나라로까지 만든 것은 훌륭한 일이라면 훌륭한 일이네. 하지만 그저 한 나라가 기세가 세차고 강해졌다는 데까지지. 조금도 세계에 이익을 주진 않네. 프랭클린은 전기를 발명하였고, 그리고 나서부터 전신기도 생겼고, 전기등도 생겼고, 세계 몇백의 국토, 몇억의 민생이 모두 그 이로움 덕분이 아닌가. 얼마나 훌륭한 일인가. 오늘날도 세상에서는 비스마르크보다도 레셉스를 손꼽지 않는가. 비스마르크는 프랑스의 콧대를 꺾고 자기 나라 프로이센 왕을 게르만의 통일 황제로 만들어 지금은 유럽을 좌지우지할 수 있다고 하는 데까지 되었지만, 다른 나라에는 아무런 이익도 주지 못하네. 레셉스는 다르지. 수에즈 운하의 그 물길을 파서 세계만국 교통편을 연 것은 어떠한가. 게다가 파나마 운하까지 완성되려고 하는데 참으로 훌륭하지 않은가. 북아메리카합중국이 안 만들어졌다 해도 일본 같은 나라에 아무런 부자유도 뭐도 없었겠지. 그러나 전신기가 없었다면 그건 얼마나 불편했을까. 게르만이 제국이 되지 않는다고 해도 일본에는 아무 상관이 없지만 수에즈 운하가 없었다면 교통 무역에도 얼마만큼의 불리함을 느꼈을지 알 수 없지. 일본뿐만이 아니네. 어디서도 그럴 것이 틀림없네. 그래서 나는 관원이 된 것에 대한 공명은 그저 그런 뻔한 거라고 깨닫고 무엇이든 프랭클린이나 레셉스를 따라 해야겠다고 생각하게 되었네."

미야자키 "그렇지, 그렇지. 대찬성이네."

시노하라 "그러니까 사교를 잘하는 아내 같은 건 조금도 바라지 않네. 내가 바라는 아내는 아주 문맹이어도 곤란하지만, 부인의 미덕이라고 하는 순종의 덕이 있고 조금은 문자도 읽을 줄 알아서 제가(齊家)의 도에 진력해주길 바라네. 튀는 성질에 세계의 산소를 섞어서 왈가닥이라는 화합물이 된 것 같은 그런 건 좋아하지 않네. 소위 무도를 잘 추는 것보다 털실 뜨개질의 손 부업을 해서 집안 살림을 도와준다고 하는 그런 사람을 바라네."

사이토·미야자키 "뭐, 집안 살림이라고? 화족(華族)님들은 하여간 쪼잔한 말을 하고 싶어 한다니까. 아하하하."

일동이 웃고 있을 때.

뱃사공 "야오마쓰야(八百松屋)─."

선창에 찻집 여자의 나막신 소리가 또각또각또각.

여자 "일찍 오셨네요."

제9회

신쿄로(新橋樓) 밀회

[여자(오사다)/ 남자(야마나카 마사시)]

시노하라 쓰토무(篠原勤)는 영국 케임브리지의 학교에서 형설의 공을 쌓고 드디어 기예사(技芸士)의 칭호를 받았다. 더욱이 귀국하는 길에 유럽 각국을 여행하며 오 년간의 세월을 보내다가 귀국했는데 양아버지는 뜻하지도 않게 화족 반열에 올라 집안의 명예도 더할 나위 없이 경사가 잇따랐다. 그러니 아무런 부족함도 없는 몸이지만 이전부터 결혼 약속이 있던 하마코(浜子)의 태도가 왠지 모르게 마음에 걸리는 일이 많다. 저쪽에서도 아무튼 뒤가 켕기는 듯한 느낌으로 나를 꺼리는 모습이 보이는 것은 무슨 사연이 있는 걸까 하고 마음에 걸리던 그때 마침, 뜻하지 않게 귀에 들어온 마부와 인력거꾼의 세상 이야기에 가슴이 두근거릴 만큼 놀랐다. 역시 그랬었구나 하고 눈치를 채고부터는 과연 여러 가지 일들을 보고 들을 때마다 의심의 싹을 키워가게 되었다. 하마코는 아버지의 병간호도 하지 않고 무턱대고 외출이 잦아지는 등 점점 더 마음에 들지 않게 되었고 마침내는 파혼하여 물러나야겠다고 그 뜻을 결정하기에 이르면서 두세 명의 친한 친구에게는 그 생각하는 부분을 넌지시 털어놓을 정도가 되었다. 그러나 역시 어릴 적부터 같이 자란 소꿉친구이고 머리가 어깨에 닿는 것을 겨루기도 했던 이 젊은 여성의 검은 머리며 꽃 같은 얼굴, 자태도 곱고 학문 재주도 남보다 뛰어나게 우수한 하마코이다 보니 이제 와 차마 버릴 수가 없어서, 여색을 밝히는 것은 아니지만 내가 줍지 않을 눈앞의 진주를 단념하지도 못한다.

또 두 번째로는 어릴 적부터 키워주신 양부모의 은애와 의리를 배신할 수가 없어 혼자서 마음이 괴로웠는데 지금은 큰 병에 걸린 양아버지의 병간호를 하느라 그 몸이 쉴 틈이 없어서 오히려 그런대로 지내고 있다. 양아버지인 미치카타는 국내의 명의라고 하는 의사뿐만이 아니라 독일에서 온 발츠(Balz) 박사[54]에게까지 진찰을 청했다. 치료에 부족한 것은 없었으나 약간 회복했다고 생각한 것은 이른바 노을빛이 반사하며 자연과 어우러지듯 잠깐 좋아진 것뿐이었다. 쓰토무가 뱃놀이에서 돌아온 초저녁부터 갑자기 용태가 변하여 그다음 날 돌아오지 못할 여행을 떠났다. 쓰토무 등의 비탄은 말할 것도 없다. 좋은 사람을 잃었다며 아쉬워하지 않는 사람이 없는 것 같았다.

그러나 어쨌든 쓰토무는 그 뒤를 이어 상속했는데, 장례가 끝나자 하마코와의 혼인식을 올리라고 어머니를 비롯한 친척이나 친구들이 이러니저러니 권해 왔다. 쓰토무는 어쩔수 없이 있는 그대로를 털어놓고 말했다. 원래가 있지도 않은 누명을 씌우는 것도 아니어서 누구나 '그렇다면' 하는 대답만을 하였다. 쓰토무는 양아버지가 사랑으로 키워주신 은의(恩義)를 잊지 않고 화족의 작위를 이미 계승한 이상 그에 관한 세습재산만은 물려받지만, 나머지 유산은 남김없이 하마코에게 건넸다. 그리고 마음에 드는 사이라면 어쩔 수 없다며 그럴듯한 중매인을 내세워 야마나카 마사시(山中正)에게 시집보냈다. 집에서 일하던 노복 아무개를 비롯하여 하

54 발츠(博士, Erwin von Balz, 1849~1913) : 독일 사람으로, 근대 일본 의학의 공로자이며 당시 도쿄대학 의학부 강사였다.

녀 등도 많이 딸려서 가까운 곳에 마땅한 가옥이 있는 것을 구하여 살게 하고 빈틈없이 보살폈더니 모든 사람이 그 조치가 적절했다고 칭찬하였다.

마사시는 하마코를 얻어서 느닷없이 부자가 된 기분은 들었으나 데릴사위 같은 것이어서 하마코가 주인처럼 행세하니 그 재색에는 부족함이 없지만, 지금까지 오사다 집에 식객(食客)으로 살았으면서도 오히려 마음만은 편했다고 생각하는 점도 없지 않았다.

여자(오사다) "엊저녁에 한 이야기로 당신 생각도 확실히 알았으니 이제는 겨우 진정이 되긴 했어요. 늙은 나한테 싫증 나과자를 바꿔버렸나 하고 얼마나 속을 태웠는지 몰라요."

남자(마사시) "그렇겠지. 원래 그 댁 어르신 입김으로 관직도 얻게 되었고 여러 측면에서 후원을 해주니까 수염의 먼지를 털어 손해 볼 것 없다[55]는 생각으로 열심히 근무했던 건데, 그 여자한테 영어를 가르쳐주라고 해서…. 뭐 그랬던 건데, 이쪽도 심기를 상하게 하면 안 되니까…."

~~~~~~~~

55 ** 수염의 먼지를 털어 손해 볼 것 없다: 손윗사람에게 알랑거리는 것을 말한다. 송나라의 정위(丁謂)가 재상인 구준(寇準)의 수염에 묻은 국물을 닦아주다가 주의를 당했다는 고사에서 나온 말이다.

여자 "됐어요, 이젠 그만 해요."

남자 "그렇게 이야기를 중간에 끊어버리면 안 되지. 그 때문에 마침내 이번 약속도 생긴 거니까. 느닷없이 큰 부자가 되는 이야기지만 앞으로 어떻게 될지는 알 수가 없어."

여자 "그만 해요, 됐어."

남자 "내 마음에도 내키는 건 아니지만, 엊저녁에도 말한 그대로야. 이 일막(一幕)이 가장 중요한 교겐(狂言)[56]이야. 잠깐 당신이 멀리 가 있으면."

여자 "그래 그건 알고 있어요, 정말로 당신이 그럴 작정이라면 나도 악녀의 본성을 드러내서 오토바야(音羽屋)의 오덴(お伝)[57]이라는 일막을 펼쳐도 보겠지만, 당신 마음이 결정되지 않아서 헛발질하는 날엔 바보 꼴을 당할 거야-."

남자 "의심하는 것도 사람을 가려야지. 갖고 놀다 바보 취급

---

56 ** 교겐(狂言): 농담과 거짓, 흉내 내기 등으로 웃음을 주는 일본 전통 연극의 하나인데, 이치에 맞지 않는 말이나 꾸며 낸 말을 의미하는 불교 용어 「광언기어(狂言綺語)」에서 유래하여, 남을 속일 의도로 꾸며 낸 농담, 거짓, 웃기는 행동 등을 하는 것을 교겐이라고 말하기도 했다.

57 * 오토바야(音羽屋)의 오덴(お伝): 가부키(歌舞伎)에서 5대째 기쿠고로(菊五郎)가 연기한 메이지 초기의 독부(毒婦) 다카하시 덴(高橋伝, 1850~1879)을 말한다. 오토바야는 연기자가 속한 상호명이며, 오덴은 살인범으로 참수되어 메이지의 독부라고 불렸으나, 실제로는 상대방에게 잘못이 있는 비련의 주인공이었다고 한다.

이네.”

여자 “위험하잖아. 말은 그렇게 하지만 저쪽은 얼굴이 잘생겼는데 당신이 얼굴 잘생긴 사람 좋아하니까.”

남자 “어처구니가 없네.”

여자 “그럼 괜찮겠어요?”

남자 “당연하지, 귀 좀 대 봐요.”

소리를 낮추고 쑥덕이며 두 사람이 잠시 소곤거렸다. 이건 신바시 스테이션(新橋station) 옆에 있는 신쿄로(新橋樓)라고 하는 약속장소의 안쪽 이층에 마주 앉은 남녀로, 야마나카 마사시와 오사다이다. 마사시는 시계를 꺼내 보고 '벌써 시각이 됐네, 그럼', 하며 일어서서 나간다.

마사시 “이번 온천은 괜찮으려나? 남자가 같이 가는 건 아니겠지?”

오사다 “자기 같은 줄 아나? 내가 무슨 팔자로 바람둥이 같은 걸 하겠어요. 의심이 가면 기차 타는 데까지 따라오시든가. 오키요(お清) 말곤 수컷 고양이조차도 없어요.”하고 장난치며 스테이션에 다다르니, 기차 출발을 알리는 소리 찌리링 찌리링.

제10회

사달 난 관계

[오사다/ 하마코/ 오산(오사다의 하녀)/ 산다유(남자 집사)]

이 집에 사는 마부일까. 현관의 마차를 대는 자갈 위에 끊임없이 물을 뿌리고 있다. 외관상으로 보면 싸게 잡아도 이삼급 정도 고관의 주택으로 보이는데, 이것은 야마나카 마사시의 집으로 실은 시노하라 하마코의 재산으로 사들인 집이다. 그렇기에 집안일은 물론 세상과의 사교에 이르기까지도 전권은 하마코 혼자 독차지하고 있다. 여존주의(女尊主義)를 주장하며 자기는 인력거를 타고 돌아다니면서 서방님은 도시락을 들고 아침마다 출근하여 퇴근할 때는 간논 사카시타(觀音坂下)[58]까지 잡아타고 오는 오 전짜리 마차가 가장 큰

쾌락이다. 마부가 물을 다 뿌리고 저녁 경치를 멍하니 바라
보고 있는 눈앞으로 다그락다그락 소리 내며 달려오는 한대
의 인력거.

여자(오사다) "젊은이, 여기서 내려주게."라며 내리고는, 이 마
부에게 살짝 인사를 했다.

여자 "저, 시노하라상 아가씨댁은 이곳이지요?…. 우리 양반
이 와있다고 하는 것 같은데 오늘은 있습니까?"

마부 "어디에서 오셨어요? 저는 모릅니다. 부엌으로 가서 물
어보시죠."

여자 "그럼 이 담을 따라서 돌아갈게요. 알았습니다. 감사합
니다."

　부엌에는 오산(おさん)[59]이 절인 채소를 썰고 있었는데, '실
례합니다'라는 소리를 듣고 빗장을 풀었다.

하녀(오산) "어디서 오셨어요?"

여자 "저, 야마나카 집에서 왔는데요. 우리 양반이 오랫동안
신세를 져서 감사합니다. 오늘 아침에 나도 돌아왔는데 집
도 치워놓았으니 빨리 돌아오시도록 말씀 좀."

하녀 "네에? 야마나카는 이 댁 주인인데 오늘은 안 계시는데요."

여자 "그럼 시노하라의 아가씨댁이 아닌가요?"

하녀 "아니 여기 맞는데요."

여자 "아가씨를 만나면 알겠지요. 저, 야마나카의 사다(貞)인데, 잠깐 뵙고 싶다고 전해주세요."

오산은 이상하다는 듯한 얼굴을 하고 빤히 쳐다보며 안으로 들어왔다.

하녀 "저, 마님. 서른 정도로 요정의 아주머니 같은 사람이 오셔서 잠깐 뵙고 싶다고 합니다."

하마코는 창가에 팔을 올려놓고 여학(女學) 잡지[60]를 읽고 있었다.

하마코 "어떤 사람?"

하녀 "그러니까, 자잘한 무늬의 하오리를 입고 꽤 세련돼 보이는 사람인데. 뭔가 여러 말을 했는데 무슨 소린지 알 수가 없었습니다."

---

60 ＊여학(女學) 잡지 : 일본 최초의 부인 잡지이다. 여성 교육가·평론가·사업가인 이와모토 요시하루(嚴本善治, 1863~1942)가 1885년에 발행한 여성 교양을 목적으로 한 기독교적인 잡지로, 이 잡지를 통해 여성해방운동을 추진하였다. 도쿄(東京) 메이지여학교(明治女學校, 1885~1909)의 발기인이었으며 교감, 교장이 되어 많은 진보적 여성을 육성하였다.

하마코 "이전에 나으리가 신세 진 오사다상이 아닐까?"

하녀 "잘은 모르겠지만 사다라던가 뭐라던가 그랬습니다."

하마코 "아, 그 사람이 틀림없어. 여기로 안내해드려."

하녀 "만나시게요?"라며 오산은 이상하다는 듯이 나갔는데, 이윽고 안내하여 데려왔다.

하마코 "아유, 정말 오랜만이네요."

오사다 "네, 격조했습니다. 잠시 볼일도 볼 겸 구경하러 오사카(大坂) 쪽에 가 있었어요."

하마코 "그랬다고 하더군요. 보양(保養)을 잘 하셨겠네요-."

오사다 "우리 양반이 또 오랫동안 신세를 져서 죄송했습니다."

하마코 "아니 누가?"

오사다 "우리 양반이요. 잠시 신세를 졌네요. 제가 집을 비웠더니 적적하다면서 집을 완전히 닫아 두고 여기에 와있다고 하네요. 정말 감사합니다."

하마코 "나는 지금 말 하시는 그 남편분을 모르겠는데, 누구 말입니까?"

오사다 "오호호호, 농담도 잘 하시네요. 알고 계시는 그 야마나카 마사시 말인데."

하마코 "뭐라고요? 오호호호 웃겨."

오사다 "왜 그러세요?"

하마코 "왜라니, 오호호호."

오사다는 일부러 정색했다.

오사다 "아니, 왜 웃으세요?"

하마코 "왜라니, 야마나카 마사시는 내 남편이고 이 집 주인이니까요."

오사다는 일부러 깜짝 놀란듯한 표정을 지었다.

오사다 "뭐라고요? 그러니까 이 댁의…. 그게 정말입니까?"

하마코 "아니, 이건 아니죠-. 정말로 물어보시는 거예요? 바로 요전에 혼례를 올렸는데…."

오사다 "뭐라고요? 혼례라니…. 아니 아니, 정말 기가 막히네요-. 나는 조금도, 그런 건 꿈에도…."

하마코 "어머나, 그랬어요? 그 혼례도 좀 복잡한 일이 있어서 아직 정식으로는 못 했지만요. 일부일처의 대례(大礼)도 올리고 내 재산으로 이 집도 산 거예요. 일하는 이들도 모두 친정에서 데리고 온 사람들이고요."

오사다는 이 이야기를 못 들은 척하고 혼잣말처럼 말했다.

오사다 "아니 정말 기가 막히네. 그러니까 그것 보라니까. 시노하라의 아가씨 거동이 이상하니까 속아선 안 된다고 말했었는데."

하마코 "뭐라고요? 내가 언제 남에게 사기(詐欺)라도 쳤단 말인가요?"

오사다 "사기인지 놋그릇인지[61] 모르겠지만, 남의 남자를 꾀어내고도 태연한 아가씨네."

하마코는 어처구니가 없어 오사다의 얼굴을 지켜보지만, 저쪽은 더욱더 소리를 높인다.

오사다 "이번에 오사카에서 돌아오면 정식으로 남편이 아는 사람한테 주례를 부탁하기로 이야기가 되어있었어요. 이제와 아가씨한테 빼앗겼다고 아무렇지도 않게 하고 있을 수는 없어요. 어찌 되었든 야마나카를 내놓으세요. 당사자에게 물어보면 알 수 있는 일이에요. 어서 빨리 남편을 내놓으세요."

하마코 "그런 말을 해도 지금은 여기에 없어요. 그쪽이 그렇게 큰소리치면 마치 내가 나쁜 것 같은데 남의 눈도 있고 창피하니까…."

오사다 "뭐요? 큰소리라니. 흥. 큰소리라는 것은 돈 좀 있다고 뭐든 제멋대로 하는 사람이 하는 거죠. 집에 없을 때 남의 남편을 훔쳐 가서 넉살 좋게 살고 있으니 얼굴도 못 들겠고 분해서 견딜 수가 없네. 빨리 남편을 내놓으세요."

~~~~~~~~~

61 ** 사기인지 놋그릇인지: 원문은 백로인지 까마귀인지(さぎだか烏だか)이다. '사기'는 일본어로 백로라는 뜻도 있고 속임수라는 뜻도 있는 동음이의어이다.

하마코 "훔치다니 그게 무슨 말이에요? 그렇게 사람을 중상 모략하면 법에도 저촉돼요. 그래도 명색이 화족으로서의 체면도 있는데."

오사다 "어머나, 처음 듣네요. 자작인지 공작인지 하는 사람의 공주님은 남의 남자를 도둑질해도 법에 안 걸리는 건가요?"

하마코 "나는 도둑이라든가 하는 것은 모르겠네요. 어쨌든 야마나카는 내 남편입니다…. 빨리 누군가 와서 이 미치광이를 밖으로 끌어내 버려."

오사다 "미치광이라니, 그건 또 뭐래. 이래 봬도 나 말짱한 인간이야. 이런 벽창호랑은 말이 안 통하네. 순사든 누구든 불러와 주세요."

말은 점점 격화되지만, 하마코는 원래가 깊은 규중에서 자라 이런 실랑이 같은 건 꿈에도 들은 적조차 없었기에 그저 같은 말만 되풀이하다 결국에는 울어버릴 것 같은 조짐이 되어서 집사인 산다유(三太夫)가 뛰어나왔다.

산다유 "어디 아줌씨인지 예의도 없는 분이네. 아씨 이제 울지 마세요. 오히려 기어오릅니다. 이 보세요, 아줌씨. 지금은 나으리도 부재중이시고 영문을 알 수 없으니 집에 계실 때 다시 오시는 게 좋겠어요. 우리가 자세히 말씀드려 놓을 테니."

이것으로 간신히 오사다도 진정되었다. 이렇게까지 벌여

놓으면 그다음은 유유히 떠나는 게 상책이라고 생각해서인지 산다유가 달래는 것을 다행으로 '그럼 그럼'을 내뱉으며 돌아간다.

하마코는 뒤에 남아 떨리는 목소리로 울먹인다.

하마코 "누구든 빨리 가서 불러와 줘. 제발 얼른."

이렇게 해서 오사다는 그날 밤에 온 것만이 아니라 조석으로 와서 험담 욕지거리를 시끄럽게 떠들어 댔지만 하마코도 어리석지 않기에 하인에게도 알아듣게 말해서 단지 부재중이라는 말만 하며 사절하고 있었다. 그 후부터는 야마나카의 태도도 싹 달라져서 삼 일이 멀다 하고 어딘가에 가서 자고 왔다. 마침내는 하마코가 모르는 사이에 팔찌, 반지 그외에 하마코가 몸에 지니고 있던 것도 어느샌가 가지고 나갔기에 차차 하마코도 생각이 미치게 되어 동태를 살펴보니 오사다와는 이전부터 완전히 부부처럼 살고 있었는데 하마코가 연모하는 것을 요행으로 혼례를 치른 것이었다. 그 재산을 빼돌릴 만한 빠삭한 솜씨이다 보니 급기야 저쪽에만 오래 머물면서 구경 나들이 같은 것도 인력거를 같이 타고 보란 듯이 집 앞을 오가기도 한다. 하마코는 분함을 금할 길이 없었으나 원래가 내 불찰로 벌어진 일이라고 깨닫고 나니 정말이지 친정인 시노하라가(篠原家)에서 알게 될까 봐 조심스러워 집사를 비롯한 데리고 온 말단 고용인에게까지 입단속을 했다. 그렇지만 숨긴 데서 드러나지 않아도 이미 쓰토무도 들었기 때문에 한층 더 자세히 조사해 보았다. 집과 대지까지도 어느샌가 저당이라는 것으로 전당포에 넣고 큰돈을 빌려 낸 것 등까지 알아냈는데, 마사시는 벌써 관원을 그만두고 이미 오사다와 함께 어디론가 도망쳐 버렸다. 하마코는 어설피 교제를 넓혔기에 이런 평판도 따라서 높아지니 이제 와 후회할 뿐 매일 눈물로 지새웠다.

제11회

선남선녀

[남자(핫토리 나미코의 남편 미야자키 이치로)/ 시노하라 쓰토무(하마코의 양오
빠, 마쓰시마 히데코의 장래 남편)/ 마쓰시마 히데코, 아시오 남매]

"좀 앉아요. 한잔하고 가요." 하고 부르는 여자 목소리. 이
쪽 구석에서는 만년 산다는 새끼 거북이를 흥정한다. "장수
하는 새끼거북이 골라잡아, 골라잡아-" 하고 부르는 소리
너무나도 떠들썩하다. 다키노가와(瀧の川)[62]의 늦가을. 이윽

~~~~~~~~~

62 ** 다키노가와(瀧の川): 현재는 도쿄의 기타구(北區)에 있는 동네 이름인
   데, 샤쿠지이가와(石神井川) 하류의 별명이다. 계곡처럼 되어있어서 유속
   이 빠르고 폭포 같다고 하여 이렇게 부르게 되었다. 주변에는 폭포도 있
   고 단풍의 명소로 유명하다.

고 사람도 흩어지고 잎도 지려는 단풍나무 그늘의 조그마한 찻집에서 잠시 쉬고 있는 두 남자. 인품도 천하지 않다. 일어서며.

남자 "시노하라군, 잠시 저쪽으로 거니는 건 어때. 자네는 춘부장이 돌아가시고 나서는 아무래도 부쩍 몸이 허약해진 것 같고 활기가 없어져서 큰일이야. 그야 그냥 넘길 수 없는 부분도 있겠지만 이미 일어나버린 일이라면 어쩔 수가 없지 않나. 하마코상도 확실히 깨닫고 정말로 지금은 후회하고 있는 것 같네. 나도 어제 요코하마(橫浜)에 볼일이 있어 찾아가 만났더니 정말 볼 낯이 없다면서 눈물지으며 이야기하는데 참으로 진정한 크리스천으로 완전히 변모해 버렸어. 원래와 같은 모습은 전혀 없어졌더군."

시노하라 "그건 완전히 동생이 잘못했지. 당사자도 정말로 어긋난 행동을 했다고 깊이 후회해서 저렇게 얌전히 지내고는 있는데, 어머니를 떳떳이 만나러 오지도 못하고, 생각하면 너무 가여워서."

남자 "그야 당연하지만, 자네는 양부모님께도 죄스럽게 생각하고 있으니까. 그 때문에 자네가 그렇게 축 처져 있다가 폐병이라도 걸리면 또한 불효 아닌가. 이런 말 하면 이상하지만 나도 상당히 소심한 편이라 좀 쓸데없는 것이 마음에 걸리면 안절부절못할 것 같았었네. 그런데 사이토가 억지로 어머니에게 권해서 그 핫토리의 나미코를 아내로 맞고 나서는 집에 돌아가서도 고민하거나 하는 일은 이제 없어졌다네. 뭔가 독서라도 하다가 기력이 떨어지면 고토(琴)를 들려달라거나 차를 달라거나 약간은 문학 이야기도 하거나 하면 꽤 속이 풀리기도 하네. 자네의 경우는 양어머니도 저런 상태이시니 마음이 울적해지는 것도 당연하겠지. 참견하는 것 같지만 내가 소개를 할 터이니 레이디 시노하라를 맞이하시게."

시노하라 "정말이지 하마코의 그 사건 때는 부아가 나서 저보다 나은 아내를 맞겠다고 생각도 했었는데 지금은 그저 가엾고 불쌍하다는 생각만 들어 그런 건 조금도 내키질 않네. 아니 이거, 이야기가 이론에 치우쳐버렸구면."

남자 "음-. 자 가세. 아니, 이건 뭐지? 뭔가 마구 써놓은 것 같은데. 홋쿠(發句)[63]일까?

 '단풍을 보러 오는 사람도 모두 단풍 빛 얼굴'[64]

 아하하하. 그럴 리가. 이런 곳에서 와카는 흔치 않지."

시노하라 "잠깐 기다리시게. 저기에 떨어져 있는 것이 와카일

---

63 ** 홋쿠(發句): 와카·한시의 첫 구를 말하기도 하고, 하이쿠(俳句)를 말하기도 한다.
64 "紅葉みにくる人もみな赤い顔"

지도. 이런, 연필로지만 깨끗하게 써 놓았네.

'허무하게도 저버린 것이겠지 이 단풍잎도 진정한 내 모습을 봐주는 이 없으니'[65]

묘하게 강개(慷慨)한 와카구먼. 어떤 사람이 쓴 건진 모르겠지만 와카는 좋네. 참으로 고상한 좋은 와카야."

남자 "할머니, 이건 어떤 사람이 쓴 건지 모르겠지요? 사람이 많으니까."

노파 "어느 것 말입니까? 아아, 그건 한 열다섯쯤 되는 도련님하고 같이 쉬고 계시던 아가씨 거 같은데요."

시노하라 "응? 여자…. 아 그렇군, 여자 글씨 같네. 이건 쓰라유기(貫之)[66] 풍(風)이네. 그런데, 와카라는 것은 정말 예술의 하나로 없어선 안 되는 것이지. 요즘의 서양가(西洋家)는 무슨 놀이처럼 말하는 사람도 있는 것 같은데 정말로 그런 건 아니지. 그리고 와카를 읊으면 손쉽게 의미 깊은 문장을 쓸 수 있게 되고 어느 정도는 마음이 고상해지기도 하지. 원래 여학교 같은 데서는 와카 한 과목을 넣어도 좋을 것 같아."

---

65 "いたずらに散りやはつらん紅葉もまことの色をみる人のなみ"

66 ** 쓰라유기(貫之): 기노 쓰라유키(紀貫之, 872?-945)는 일본 헤이안 시대의 귀족·가인으로 『고킨와카슈(古今和歌集)』 찬자(撰者)의 한 명이며, 삼십 육 가선의 한 명이다.

하고 이야기하며 물가 쪽에 다다르자 이곳에서 쉬고 있던 마쓰시마 아시오가 재빨리 알아챘다.

아시오 "누나 누나, 미야자키상이."

히데코 "어머 안녕하세요? 정말 그 후론 도무지 뵙질 못했네요."

미야자키 "어, 안녕하세요? 좋은 데서 뵙게 됐네. 단둘이서 온 거야?"

아시오 "네, 누나가 너무 집안에만 있어서요. 졸라서 같이 왔어요."

미야자키 "그건 좋은 보양(保養)이지. 시노하라군, 내가 자주 말씀드리던 마쓰시마의 히데코상이라네. 히데코상, 이쪽은 서양에 가서서 이번에 기예사 칭호를 따서 귀국하신 내 친한 친구, 시노하라상이라고 하는 분입니다. 좀 가까이 지내시면…"

히데코는 가까이 다가가서 '처음 뵙겠습니다'도 입속에서 우물거리며 찬찬히 그 사람을 올려다보니 눈썹이 굵고 코가 높고 입은 평범하며 애교가 있다. 유학까지 했다면 그 학문의 정도를 짐작할 수 있어서 더더욱 품격이 높아 보인다. 딴 마음이 있는 것은 아니지만 그 모습이 고상할수록 학술 수준을 생각하며 나도 모르게 주눅이 든다. 시노하라 쓰토무

도 히데코에 대해서는 이미 전해 듣고 있었는데, 이렇겠구나 하고 생각했던 예상과는 달리 얌전한 사람이다. 눈처럼 흰 얼굴이 약간 부끄러워하며 뺨 주변이 연분홍색을 띠었다. 머리는 트레머리(束髮)로 묶어 올리고 옷을 평범하게 차려입긴 했는데 좀 지나치게 검소한 색 바랜 줄무늬 고급비단[67] 옷이다. 보라색 수자(紫繻子)[68]와 유젠(友禪)[69] 염색의 무늬가 들어간 간코치리멘(かんこ縮緬)[70]을 마주 댄 띠를 매고 견주[71]로 된 검은 하오리를 입은 치장이 품위가 있다. 시노하라 쓰토무는 평소 울적하고 즐거움 없이 지냈는데 이 살아 있는 꽃을 보고는 단풍 구경 저리 가라고 할 정도가 되어 버렸다. 똑같이 쑥스러워하며 말이 없다. 그런 줄도 모르는 아시오가 바지런히 "자, 이쪽으로"라고 권하자 미야자키는

~~~~~~~~~

67 ** 줄무늬의 고급비단: 원문은 시마치리멘(縞縮緬)으로, 줄무늬가 있는 바탕이 오글쪼글한 고급비단이다. 치리멘은 바탕이 오글쪼글한 비단이다.

68 ** 보라색 수자(紫繻子): 견직물의 일종으로 표면이 매끄럽고 윤기가 있다.

69 ** 유젠(友禪): 비단에 산수화조(山水花鳥) 등의 무늬를 풍부한 색채로 사실적으로 염색해내는 염색의 양식 및 기법인데, 에도시대에 교토의 미야자키 유젠(宮崎友禪, 1654-1736)이 창안하였다.

70 ** 간코치리멘(かんこ縮緬): 지리멘의 일종인데, 보통 지리멘보다 오글쪼글한 것이 적은 비단이다.

71 ** 견주(絹紬): 야생 누에에서 나온 실로 짠 옅은 갈색의 얇은 비단으로 표면에 마디가 있다. 옷감·이불감·양산의 천 등으로 사용한다.

앉았다.

미야자키 "시노하라군, 앉게나…. 오히데상, 저기 저쪽의 단풍나무 아래에 떨어져 있었는데 이 와카는 혹시 오히데상이 읊은 게 아닌가요?"

히데코 "어머나 이게 어떻게." 하며 조금은 부끄러워하는 모습이 있다.

미야자키 "정말로 지금까지 이 정도로 와카를 할 줄 아시는지는 몰랐네요. 오히데상 같으면 참으로 교육도 충분히 받으셨고 가정교육은 자기 스스로 하고 계시니까요. 이렇게 오셨으니 말하기 정말 뭐하지만, 남에게 알려지지 않고 져버리는 일은 없겠네요. '천리마도 백락(伯樂) 어쩌고저쩌고'[72]라고 하지요. 그렇지? 시노하라군."

시노하라 "정말로 그렇지. 여하튼 숨어있는 쪽이 그윽하지."

미야자키 "그건 그런데, 너무 자기가 자기를 천하다고 아무것도 못 한다고 지나치게 비하해도 안 되겠지. 얼만큼은 자기 마음을 고상하게 가지고, 그러면서 너무 대단하게 여기지

---

72 * 천리마도 백락 어쩌고저쩌고: "천리마상유, 이백락불상유(千里馬常有, 而伯樂不常有)"로, "천리마는 항상 있으나 (말을 잘 감별하는) 백락이 항상 있는 것이 아니다"라는 것이다. 세상에 인재는 있으나 잘 활용하는 사람이 없다는 뜻으로 사용한다.

말고 건방지지 않게 하는 것이 학문의 힘이지. 그렇지 않나요? 오히데상."

히데코 "정말 그렇겠지요. 저도 학문을 배워서 도리라는 것을 알고 싶은데."

미야자키 "아니, 정말 욕심 많은 오히데상이네…."

히데코 "어머, 이야기를 듣고 있는 사이에 어느새 날이 저물려고 하네요. 저희는 먼저 실례를 하겠습니다. 아시오야 가자."

미야자키 "그렇습니까. 정말 너무 늦는 것은 젊은 사람에게는 좋지 않을 거예요. 그러면 좀 놀러 오세요. 그리고 시노하라 댁에도 좀 올라가서 서양풍속이나 학문에 대한 수준 높은 이야기도 들어보시고요. 다음에 같이 한번 갑시다."

히데코 "네, 부탁드리고 싶네요. 정말 실례했습니다. 안녕히 가세요."

시노하라 "안녕히 가세요."라며 함께 아쉬운 작별을 했다. 아아, 이 선남선녀의 만남이야말로 월하노인(인연 맺는 신)의 중매로 좋은 연분을 맺어주시면 좋겠다고 그저 서로 사랑스럽게 생각하는 마음을 얼굴에는 드러내지 않은 채 마음속에 품고 헤어져 간다. 옆에서 보는 눈도 제법 그윽했을 것이다.

미야자키 "어떤가. 마음에 든 것 같은데. 자네 지론에 합당한 여성 아닌가. 나는 저분 외에 저 정도로 훌륭한 사람은 없다고 믿네."

시노하라 "음, 글쎄 그럴까."

미야자키 "그리 냉담한 것이 마음에 들었다는 증거네. 어떤가, 알아주는 백락이 되어 보는 건."

시노하라 "아무래도 저쪽의 자존심이 세니까."

"뭐 더는 바랄 게 없죠"라고 느닷없이 들려와서 돌아보니 다키노카와(瀧の川)에서 돌아오는 장사꾼 두 명. "그럼 오기야(扇屋)로 합시다."

미야자키는 억지웃음을 터트렸다.

미야자키 "뭐야, 저녁밥 먹을 곳 이야긴가. 어쨌든 길한 조짐이 보이는 오기야(扇屋)[73]라면 좋지. 어떤가, 시노하라라군은⋯."

---

73 ＊＊ 길한 조짐이 보이는 오기야(扇屋): 원문은 스에히로의 오기야(末廣の扇屋)로, '오기'는 부채를 말하고 '야'는 가게를 말하는데, '스에히로'는 끝이 넓어진다는 의미로 길한 조짐을 뜻한다. 여기서는 음식점 이름으로 사용되었다.

제12회

고요칸(紅葉館)의 축하연

[미야자키 이치로/ 시노하라 모친/ 사이토/ 나미코/ 시노하라 쓰토무]

장소는 시바(芝) 공원[74] 안의 약간 높은 언덕에 세워진 고요칸(紅葉館)이라고 하는 곳으로 지체 높고 돈 많은 이가 축하연을 열기 위해서는 이 도쿄에 둘도 없는 자리이다. 요리 솜씨가 유달리 뛰어나기에 많은 사람들이 좋아하는 곳이다. 오늘은 축하하는 자리라면서 네 시 지날 무렵부터 들어오는 마차와 인력거는 과연 넓은 현관 앞도 좁을 만큼 줄지어 섰

~~~~~~~~~~

74 ** 시바(芝) 공원: 도쿄의 미나토구(港區)에 있는 공원이다. 안에는 호텔·학교·도서관 등의 시설과 그라운드·산책로 등도 있는 광대한 시설을 갖추고 있다.

다. 이건 시노하라 쓰토무 자작이 미야자키 이치로의 중매로 맺어진 마쓰시마 히데코와 신혼의 축하연을 연 것이다. 작고한 자작이 살아있었다면 로쿠메이칸(鹿鳴館) 등에서 서양풍의 향응을 열었겠지만 쓰토무는 양어머니가 그런 걸 별로 안 좋아하는 데다 히데코가 아직 서양식 사교에 적응하지 못하기도 하고 친척이나 친구 중에는 아직 테이블 주변에 모여들어 서서 먹고 마시는 것보다는 국이 있는 밥상을 받는 것을 좋아하는 사람도 많이 있기에 일부러 신식이 아닌 이곳에 자리를 만든 것이다.

미야자키 "어르신, 진심으로 축하드립니다."

시노하라 모친 "정말 덕분에 좋은 며느리를 얻어서 안심했습니다."하고 입으로는 말하면서 눈가에는 아무래도 촉촉함이 묻어나는 것도 당연할 것이다. 미야자키 이치로는 축하하는 말도 깊이는 하지 않고 빠져나왔다. 그 뒤를 이어 같이 있던 사람들이 각각 나름대로 축하 말을 건넸다. 이전의 그 사이토는 얼근히 취해 기분이 고조된 느낌이다.

사이토 "어, 나미코상, 아니지, 미시즈 미야자키. 부인과 그 하마코상은 꽤 사이좋게 지낸 것으로 아는데, 그렇게 되어버려서. 오늘 같은 날은 어쨌든 최고 상객(上客)이 될 사람인데. 딱한 일이네요."

나미코 "그러게요."라고 인사만 할 뿐. 그다음 아무 말도 하지 않는 것은 상석에 계신 시노하라의 모친을 배려하기 때문이라는 것을 사이토는 알아채지 못하고 또 슬슬 쓰토무를 향했다.

사이토 "이보게, 쓰토무군. 그 야마나카라는 녀석은 그런 나쁜 짓을 할 배짱 같은 게 있는 놈이 아닌데 그저 돌아가신 어른의 비위를 열심히 맞추려고 하다가. 그 하마코상은 사랑하는 따님이니까 부뚜막에 아첨한다[75]는 그런 주의(主義)로 너무 그쪽에 아부가 지나쳐서 마침내 그만… 하지만 그것도 어쩔 수가 없고. 자네가 그렇게까지 해줬는데. 그 녀석도 그 사교를 잘해서 이를 데 없는 화족님의 사윗감이라고 제법 잘난 척을 했는데. 실은 이렇다고, 나를 비롯해 말하는 사람이 어디 있겠어? 그렇다면 남의 소문도 기껏해야 석 달. 언젠가는 사라져버릴 텐데. 그 나쁜 여자의 꾐에 넘어가서 바보같이… 엄청난 짓을 저지른 거야. 도대체 그런 짓은 그 녀석 체질에 없는 배역이야. 대체로 얼굴값 하는 악역이라기보다는 오히려 나약한 꽃미남 역할 쪽이 적당하니 천성

---

75 부뚜막에 아첨한다(竈に媚びる): "안주인에게 아첨하기보다는 부뚜막에 아첨하라"는 말로, 지위는 낮더라도 실권을 갖은 쪽에 줄 서는 것이 이득이라는 의미이다.

이 변변치 못한 거지. 처음부터 목적도 아무것도 없이 초장에는 돌아가신 어르신의 비위를 맞추겠다는 것뿐이고, 하마코상을 우선 먼저 속이겠다는 마음이 있었던 것은 결코 아니지. 그 아줌마 쪽도 남편이 죽어 외롭다느니 뭐니 하니까 이전부터 신세를 지고 있었으니 설마 창피하게 놔둘 수도 없다고 하는 엉뚱한 인정 이야기도 그중의 한 축이지. 그러니까 살짝 손을 댔는데 이젠 그 나쁜 아줌마한테 잡혀버려서 손쉽게 그런 일까지 하게 된 거지. 도대체 인간이라는 것은 자기가 지킬 것이 없이 그저 눈에 보이는 표면적인 것만 따라서 빙빙 돌다 보면 마음에도 없는 대악행을 저지르는 거야. 야마나카도 대충 그런 거지. 크게 말하면 한(漢)나라의 순욱(荀彧)[76]이 조조(曹操)[77]에게 그랬던 것과 같다고도 할까. 그 사이고(西鄕)도 역시 그렇다고 할 수가 있지. 사쓰마(薩摩)의 장사(壯士)로 옹립되어 의리도 아닌 의리에 얽혀서 뜻하

76 순욱(荀彧, 163~212): 중국 후한(後漢) 사람으로, 젊어서 '왕좌지재(王佐の才: 왕을 보좌할 재능)'가 있다고 하여 조조(曹操)를 모시며 사마가 되었으나, 그 후에 조조의 위공(魏公) 취임에 반대하며 조조와 대립하게 되어 번민하다 죽었다.

77 ** 조조(曹操, 155~220): 후한 말기의 무장(武將)·정치가이며, 시인·병법가로서도 업적을 남겼다. 후한의 승상·위왕으로, 삼국시대의 위나라의 기초를 다졌다.

지도 않게 역적이라는 오명이 퍼진 것은 지켜야 할 것을 잃었다고 말하지 않을 수 없지." (좀 작은 소리로), "엠(M:money)도 꽤 빼돌렸다는데 지금쯤 그 아줌마가 다 챙기고 결국 내쳤을지도 모르지. 그러고 보니 하마코상이 점점 불쌍해지네."

장소를 가리지 않는 이야기에 사람들은 눈과 눈을 서로 바라볼 뿐 대꾸조차 하는 이가 없었다. 겨우 눈치채고 모르는 척 분위기를 바꿀 겸 주흥을 돋우면서 미리부터 외어둔 가요 한 구절 읊어내는 바로 그때.

미야자키 "정말로 인연이란 불가사의한 것이어서 집사람도 이전부터 내 동생과 가까이 지내고 있었는데 이렇게 결혼하게 되리라고는 생각지도 못했고. 또 자네도…. 음- 서로가 이런저런 이전부터 예기치 못한 인연인 거지."

쓰토무 "그렇지. 지금까지의 일들을 생각하면 정말로 소설 같은 것이어서 오늘 밤의 이 축하연 같은 것도 그 '해피엔드'에 해당하는 이야기가 될 것 같네."

말하는 소리가 사이토 귀에 들리자 큰 소리로 "해피엔드, 해피엔-드."

마쓰시마 아시오는 그 후 대학에 들어가 공학을 공부하고 졸업한 후 어느 큰 토목공사를 감독하여 세상에 이름이 알려지게 되었다. 그 후에 미야자키 이치로의 여동생과 혼인을 맺었다고 한다. 사이토의 여동생 마쓰코(松子)와 아이자와 시나코(相澤品子)는 그 후 사범학교에 들어가 둘 다 재능과 학식(才學)으로 이름이 알려졌는데 이전부터 지향하던 바대로 여학사(女學士)로서 남편을 갖지 않고 평생을 지냈는지 어땠는지 그 장래는 알 수가 없다.

야마나카 마사시와 오사다의 장래는 확실하진 않지만 사이토의 추측과 다르지 않은 결과였을 것이라고 사람들이 말했다고 한다.

작품 해설

일본 근대 최초의 여성 작가가 쓴
여학생에 의한 여학생들의 이야기

『덤불 속 꾀꼬리』는 1888년 미야케 가호(三宅花圃, 1868~1943)가 21살이던 해에 출판되어 여학생에 의한 여학생들의 이야기로 큰 인기를 끈 작품이다. 일본 근대 최초의 여류문학이라는 문학사적 의미가 있다. 현대인이 접근하기에는 쉽지 않은 근대문장이지만 자연스러운 대화체나 독특한 마침표의 사용 등 문체상의 특징도 재미있다. 당시의 서구화에 눈을 뜬 작가가 자신의 삶을 개척하고 모색하는 젊은이들의 사고방식을 응시하며 특히 제약이 많던 여성들이 삶에 대해 고민하고 희망을 찾아내고자 한 모습이 잘 나타나 있다. 개화 당시의 일본 사회와 그들의 사고 및 삶을 엿볼 수 있는 훌륭한 창이라고도 평할 수 있다.

주요 등장인물로는 서양을 좋아하는 시노하라(篠原) 자작
집안의 아버지와 딸 하마코(浜子), 서양(영국 케임브리지)에서 유
학하고 돌아왔으나 서양의 문제점을 지적하는 양아들 쓰토
무(勤). 그리고 그의 친구들 미야자키 이치로(宮崎一郎)와 사이
토(齋藤). 미야자키의 여동생 후쿠코(宮崎福子)와 여학교 동문
으로 같이 기숙사 생활을 하는 핫토리 나미코(服部浪子), 사이
토의 여동생인 마쓰코(齋藤松子), 아이자와 시나코(相澤品子).
미야자키 집의 연립주택에 세 들어 사는 마쓰시마 히데코(松
島秀子)와 남동생 아시오(葦男). 시노하라 하마코가 결혼한 야
마나카 마사시(山中正)와 내연녀 오사다(お貞) 등이 묘사된다.
짧은 작품이지만 제법 많은 인물과 여러 이야기가 흥미롭게
전개된다. 이들은 서양 이야기, 사랑 이야기, 여성의 학문과
자립에 관한 이야기, 관원에 대한 비판, 기술의 중요성 등을
중심으로 마치 덤불 속의 꾀꼬리처럼 재잘거리며 자신들의
이상과 현실의 삶을 모색해간다.

외동딸인 시노하라 하마코는 애지중지 키워져서 제멋대
로이지만 순진하다. 영어를 잘하고 피아노 바이올린도 하며
서양을 좋아하고, 아버지의 결정에 따라 양오빠 쓰토무와
약혼한 사이이다. 그러나 개인 영어 선생인 관원 야마나카
마사시를 좋아하다가 결국 결혼하는데 속물인 마사시는 재

산을 챙겨서 내연녀인 오사다와 도망가 버리고 하마코는 자신의 불찰이었던 것을 깨닫고 후회하게 된다.

무도회가 익숙지 않다고 한 핫토리 나미코는 속으로 친구인 미야자키 후쿠코의 오빠 이치로를 좋아한다. 자기는 문학을 좋아하니까 문학사나 뭔가 그런 사람한테 가서 부부 맞벌이라도 하겠다는 말을 하고 후쿠코는 우리 오빠한테 시집오면 좋겠다고 응수한다. 마침내 원하는 결혼을 하였고, 이치로는 사이토가 억지로 어머니에게 권해서 나미코를 아내로 맞이했는데 마음 편히 잘 산다고 이야기하기도 한다.

하마코의 양오빠이자 약혼자였던 시노하라 쓰토무는 관원을 비판하며 워싱턴이나 비스마르크보다 프랭클린이나 레셉스 같은, 사회에 이익을 줄 수 있는 사람이 훌륭하다는 사고방식을 드러내는 한편, 사교를 잘하는 아내보다는 순종의 덕이 있고 제가에 힘쓰는 사람을 바란다는 말을 하는데, 그 말에 걸맞은 현숙하고 알뜰한 마쓰시마 히데코를 만나서 결혼하게 된다.

사이토 마쓰코와 아이자와 시나코는 본인들이 바라던 대로 자립을 지향하며 사범학교에 들어가 둘 다 재능과 학식으로 이름이 알려졌다고 한다.

언뜻 다소 복잡해 보이는 등장인물들의 인간관계가 결과

적으로는 좋은 인연으로 맺어져 일종의 해피엔드로 마무리
되고 있다.

19세기 말, 멀지 않은 과거의 이야기지만, 지금과는 너무
나 다른, 근대화라는 새로운 시대를 맞이하는 당시 일본의
한 시대적 풍경을 잘 보여주는 대단히 흥미롭고 의미 있는
작품이라고 할 수 있다. 일본 근대 최초의 여성 작가가 쓴 작
품이라는 점에서 특별히 관심을 끈다. 미야케 가호는 『키재
기』로 일본 근대문학에 확고히 자신의 이름을 알린 히구치
이치요를 있게 한 선구적 작가라는 점에서도 그 문학사적인
의미가 결코 작지 않다.

미야케 가호(三宅花圃) 연보

1868년 (明治 원년) 1세

12월 23일 도쿄(東京)에서 아버지 다나베 다이치(田辺太一), 어머니 기미코(己巳子)의 장녀로 태어났다. 본명은 다나베 다쓰코(龍子)이다. 아버지는 에도(江戶)시대 막부의 신하(幕臣)였으며 메이지(明治) 신정부의 외교관으로 활약한 후 원로원 의원(元老院議員)을 지냈다.

1875년 (明治 8년) 8세

고지마치소학교(麴町小學校)에 입학하였으나, 석 달 후에 여성 교육을 중시하는 아토미 가케이(跡見花蹊)의 '아토미 여학교'로 옮겨 13세까지 여기서 공부했다. 가호(花圃)라는 이름은 가케이(花蹊)에서 따왔다.

1877년 (明治 10년) 10세

가인(歌人: 와카를 읊는 사람)이며 국학자(國學者)인 이토 스케노부(伊東祐命)에게 국학·와카를 배우며 그 인연으로 양갓집 규수들이 다니던 나

카지마 우타코(中島歌子)의 와카 학교(歌塾) 하기노샤(萩の舍: 싸리집)에
입문하여 와카·고전 문학·서도 등을 익혔다.

1882년 (明治 15년) 15세

미션스쿨인 사쿠라이(櫻井) 여학교(후의 여자학원(女子學院))에 입학했으
나 얼마 지나지 않아 퇴학했다.

1886년 (明治 19년) 19세

메이지 여학교에 입학했으나 곧 퇴학하고, 근대국가로서의 교육제도
확립을 위해 진력하면서 영어의 국어화를 제창한 것으로도 유명한 모
리 아리노리(森有礼, 1847~1889)가 이상적인 여성 최고 학부로서 설립한
'도쿄(東京) 고등여학교'(현·오차노미즈(お茶の水) 여자대학)에 입학하여
공부하면서, 양장 차림으로 양서를 읽고 남녀교제를 하며 마차로 무도
회에 가는, 그런 진보적인 환경 속에서 서구화 교육을 받고 22세에 졸
업하였다.

1888년 (明治 21년) 21세

6월, 쓰보우치 쇼요(坪內逍遙)의 교열을 받아 여성에 의한 최초의 근대
소설인 『야부노 우구이스(藪の鶯: 덤불 속 꾀꼬리)』를 긴코도(金港堂)에서
간행하였으며, 상당한 호평으로 그다음 해에는 재판을 찍었다.

1890년 (明治 23년) 23세

1월, 『아시노 히토후시(蘆の一ふし: 갈대의 마디 하나)』를 「여학잡지(女學雜
誌)」에, 4월에는 『교자이 오다마키 모노가타리(教草おだまき物語: 교재 토
리실 이야기)』를 「요미우리 신문(讀賣新聞)」에 발표하고, 『야에자쿠라(八重
櫻: 겹벚꽃)』를 「미야코노 하나(都の花)」에 연재(5월까지)하였다.

1892년 (明治 25년) 25세

3월, 단편집 『미다래자키(みだれ咲: 어지럽게 피다)』를 슌요도(春陽堂)에서 간행하고, 8월에는 『고조노 쓰미(こぞの罪: 지난해의 잘못)』를 「미야코노 하나」에 발표하였다. 11월에는 미야케 세쓰레이(三宅雪嶺)와 결혼하였다. 세쓰레이는 국수주의적인 정치평론단체 정교사(政教社)에 속해 잡지 「일본인」을 주재하고 있었다.

1893년 (明治 26년) 26세

3월, 『가타 우즈라(片うずら: 짝없는 메추라기)』를 「미야코노 하나」에 발표하였다.

1894 (明治 27년) 27세

2월, 정식으로 가문(家門)을 열고 와카를 가르쳤다.

1895년 (明治 28년) 28세

2월, 『쓰유노 요스가(露のよすが: 이슬의 인연)』를 「태양(太陽)」에, 12월에는 『하기 기쿄(萩桔梗: 싸리 도라지)』를 「문예구락부(文芸倶楽部)」에 발표하였다.

1896년 (明治 29년) 29세

8월, 『소라유쿠쓰키(空行月: 하늘 가는 달)』를 「국민지우(國民之友)」에, 수필 『쓰유(梅雨: 장마)』를 「지덕회 잡지(智德會雜誌)」에 발표하였다.

1901년 (明治 34년) 34세

11월, 가인(歌人)이며 근황(勤皇)정신을 지닌 노무라 모토니(野村望東尼)의 전기 『모토노 시즈쿠(もとのしずく: 원래 물방울, 이슬방울)』 속편을 긴코

도(金港堂)에서 간행하였다. 일본여자대학(日本女子大學)이 설립되자 은사인 나카지마 우타코의 후임으로 와카 교수로 취임하였다.

1903년 (明治 36년) 36세

1월,『다마스다레(玉すだれ: 옥렴)』를「부인계(婦人界)」에 발표하였다.

1905년 (明治 38년) 38세

7월,『가가리비(かがり火: 횃불)』를「부인화보(婦人畵報)」에 발표하였다.

1909년 (明治 42년) 42세

4월, 가문집(歌文集)『하나노 슈미(花の趣味: 꽃의 취미)』를 스기모토 료코도(杉本染江堂)에서 간행하였다.

1914년 (大正 3年) 47세

1월, 수필집『소노히 소노히(その日その日: 그날 그 날)』를 도쿄샤(東京社)에서 간행하였다.

1920년 (大正 9年) 53세

남편 세쓰레이와 함께 창간한 잡지「여성일본인(女性日本人)」에 여성문제에 대한 많은 논평과 수필을 발표하였으나, 점점 문학계에서 멀어지게 되었다.

1943년 (昭和 18년) 76세

7월 18일, 사망하였다. 묘지는 아오야마 레이엔(靑山靈園)에 있다.

키재기

たけくらべ

1. 다이온지 앞

2. 조키치와 신뇨

3. 미도리와 아이들

4. 아이들의 결전 준비

5. 한판 붙는 옆동네와 앞동네

6. 결전 다음 날, 미도리와 쇼타로

7. 신뇨와 미도리

8. 유곽의 아이 미도리

9. 용화사 아들 신뇨

10. 결전의 뒤, 그리고

11. 여자애와 남자애

12. 이상한 두근거림

13. 공연히 마음은 끌리는데

14. 쇼타로와 미도리

15. 이상한 미도리

16. 다들 어찌 될지

1

다이온지 앞

빙 돌아오면 대문 앞 '돌아보는 버드나무'[1] 가지가 길게 늘어져 풍취가 있으나, 까만 도랑물[2]에 등불 비치는 삼층 건물의 소란도 손에 잡힐 듯 들려오고, 끊임없이 이어지는 인력거의 왕래를 보며 사람들은 헤아릴 수 없는 앞날의 번영을 예상하고는, '다이온지(大音寺)[3] 앞이라고 마을 이름은 점잖게 불교적이어도 알고 보면 쾌활한 마을'이라고 이곳에 사는 사람들은 말했다.

―――――――――

1 대문 앞 '돌아보는 버드나무': 원문은 오몬노 미카에리 야나기(大門の見返り柳)로 요시와라(吉原) 유곽의 정문인 대문 앞에 서 있는 버드나무인데, 돌아가는 유곽 손님들이 떠나기가 아쉬워 되돌아보며 갔다고 해서 이렇게 불렸다.

미시마신사(三嶋神社)⁴의 모퉁이를 돌아서면 이렇다 할 볼만한 집도 없이, 기울어 가는 처마의 열 채짜리 집, 스무 채짜리 집⁵이 죽 늘어서 있다. 얼핏 보기에도 이 마을의 생활은 그다지 좋은 것 같지는 않다. 집집마다 반쯤 닫은 덧문⁶ 바깥쪽에는 이상한 모양으로 종이를 오려서 염료를 칠한 것들이

2　＊ 까만 도랑물(お齒黑溝 : 오하구로 도부) : '오하구로'는 철을 술이나 녹차에 담가서 산화시킨 검은 용액으로, 원래는 이를 검게 칠함으로써 충치나 악취 예방 등의 위생과 미용을 위해 사용되었다. 헤이안(平安) 시대에는 황족·귀족, 헤이케(平家)의 무사들이 주로 칠했으며, 에도(江戶)시대에는 기혼 여성이나 유녀들도 칠했다. 1870년에 메이지(明治) 정부가 황족·귀족에게 오하구로 금지령을 내리면서 민간에서도 서서히 폐지되었다. '오하구로도부'라고 하는 도랑 이름은 도랑물이 탁해져서 오하구로 색을 띠었기 때문이라고도 하고, 유녀들이 이에 칠했던 검은 칠을 씻어 낸 물로 탁해져 있었기 때문이라고도 전해진다. 이 도랑은 유곽의 유녀들이 도망칠 수 없게 하려고 대문 외의 요시하라 유곽 둘레 전체를 돌아가며 파놓았다.

3　다이온지(大音寺) : 도쿄토 다이토구 류센지초(東京都台東區龍泉寺町)에 있는 절 이름인데, 이 동네 사람들은 이 근방을 '다이온지 앞'이라고 불렀으며, 유곽 정문인 대문은 다이온지의 뒤쪽에 있었기 때문에 다이온지 앞에서부터 빙 돌아가야 했다.

4　미시마 신사(三嶋神社) : 도쿄토 다이토구 시타야(東京都台東區下谷)에 있는 신사이다.

5　열 채짜리 집, 스무 채짜리 집(十軒長屋 二十軒長屋) : 한 동을 여러 채의 세대용으로 나눈 임대용 연립주택인데 가난한 사람들이 살았다.

6　＊＊ 덧문(雨戶 : 아마도) : 원래는 주택의 유리문이나 창문 등의 바깥쪽에 설치하는 나무문으로, 비바람이나 도둑을 막고 실내 보온에도 도움이 된다. 그러나 이곳의 가난한 집에는 유리문 등은 없으며, 단지 집 안이 보이지 않게 하려고 그리고 환하게 하려고 반을 열어놓고 있었다.

널려있는데, 마치 색칠한 덴가쿠(田樂)[7]를 보는 듯하다. 뒷면에 붙인 꼬치의 모습 역시 그럴싸하다. 이 마을엔 이런 장식을 해둔 집이 한두 채가 아닌데, 아침에 널어 저녁에 거두는 등 손도 많이 가는 이 작업에 보통 온 집안 식구가 매달리곤 한다.

"그게 뭐냐"고 물으면,

"이것도 모르나? 신사에는 11월 닭날(酉の日)[8]이면, 욕심 많은 분들이 몰려와서 사간다는 구마데(熊手)[9]라고 하는 갈퀴가 있다네. 그걸 가지고 있으면 돈을 긁어모아 부자가 된다는 미신이 있어서 다들 그렇게 사가는데, 이게 바로 그 갈

~~~~~~~~

7 덴가쿠(田樂): 생선이나 채소 등을 꼬치에 찍어서 구워 일본 된장을 바른 음식인데, 여기에서는 종이를 오려서 염료를 칠한 것들이 널려있는 모습을 비유했다.

8 닭날(酉の日 : 도리노히): 매년 11월의 유일을 말하는데, '유'는 일본어로 '도리(酉)'라고도 읽으며 '차지한다'라고 하는 뜻의 '도리(取リ)'와 소리가 같다. 그런 이유로 행운을 차지하는 운이 있기를 바라면서 복을 긁어모으라는 뜻으로 갈퀴를 판다. 그러면 특히 손님을 상대로 장사하는 곳에서 이것을 주로 사 간다. 또 이날엔 요시와라 유곽 대문 외에도 모든 문을 열어 여자나 아이들도 곽 내로 들어갈 수가 있었다. 이날 열리는 시장은 '도리노이치(酉の市)'라고 한다.

9 구마데(熊手): 닭날의 시장에서 파는 대나무로 만든 갈퀴 모양의 길조를 비는 물건이다. 이 시장에서 구마데를 사면 곰의 손으로 긁어모으는 것처럼 금품을 모아서 부자가 된다는 믿음이 있었다. 그래서 장사꾼이나 물장사를 하는 사람들이 주로 사 갔다. 큰 것일수록 효험이 있다고 믿었다.

퀴를 만드는 밑 준비라네."라고 대답한다.

설날 가도마쓰(門松)[10]를 걷어버리자마자 그 일에 매달려서, 1년 내내 부지런히 계속해서 일하는 이 마을 사람들은 진정한 일꾼이다. 부업이라고는 하지만, 여름부터 손발에 색을 묻혀가며, 새해에 입을 옷마저도 이것으로 준비한다. 그러는 한편으로 '부처님도 신(神)도, 이것을 사가는 사람들에게 큰 복을 주신다고 하니, 이것을 만드는 우리에게는 만배의 이익을!' 하고 은근히 바라는 모양이다. 하지만 이 근방에서 누군가가 큰 부자가 되었다는 소식은 들은 적이 없으니 그것은 터무니없는 일이다.

이곳 사람들은 대부분 유곽에서 일한다. 그렇다 보니 남편들은 유곽의 기부(妓夫)여서, 가지고 다니는 신발 번호표[11]의 딸그락거리는 소리가 쉴 새 없이 들린다. 해 질 무렵, 겉옷[12]을 걸치고 나가는 등 뒤로 부싯돌(切火)[13]을 쳐주는 마누라

---

10 ** 가도마쓰(門松): 양력 설날에 집 문 앞에 세우는 장식용 소나무로, 본래는 새해의 신을 맞이하여 신령이 깃들게 하기 위한 것이다. 정초부터 7일간, 지역에 따라서는 15일간 장식한다.

11 신발 번호표(下足札): 유곽이 문을 열기 전에 기부(妓夫: 유곽 여성들의 영업을 도와주는 남자)가 손님들의 신발 번호표를 바닥에 던지는데, 신발 번호표를 묶은 끈 다발을 쥐고 딸그락딸그락 소리가 나게 바닥에 던져서 그 모양이 부채꼴 모양으로 되게 한 다음 끈 다발을 끌어모은다. 마치 그물로 생선을 잡듯이 손님을 모으는 재수가 있기를 바랐다.

의 얼굴을 보는 것도 어쩌면 이것이 마지막일까 늘 걱정하지 않을 수 없다. 때로는 술 취한 손님들의 칼부림 질에 휘말리고, 이따금 유곽 내에서 일어나는 동반자살의 실패에 따른 원망을 사는 등 늘 신상이 위태롭다. 유곽의 기부라는 것은 만약의 경우에는 목숨까지 건 직장인데, 놀러 나가는 듯이 보일 때도 있으니 웃기는 일이다.

딸들은 그나마 격이 높은 큰 가게의 잔심부름꾼으로 일할 수도 있다. 그들은 유곽 안 일곱 칸 찻집[14]에서부터 손님을 안내해 오는 등의 일을 하고는 있지만, 초롱불[15]을 앞세우고 안짱걸음으로 뛰는 수행을 졸업하면 과연 무엇이 될까 걱정하지 않을 수 없다. 결국엔 유곽에서 일하는 게 좋을 거라고 생각하는 것도 이상하지 않은가.

촌티를 벗은 서른 살쯤의 아주머니가 기모노도 겉옷도 고급옷감으로 짠 말쑥한 옷차림에 감색 버선을 신고는 바닥에

12 ** 겉옷(하오리: 羽織): 일본옷 위에 입는 기장이 짧은 겉옷을 말하는데, 상인들이 장사할 때 입는 것에는 가게의 이름이나 표시가 되는 것이 들어있다.

13 부싯돌(切火): 출타한 곳에서 무사하길 바라는 마음으로 부싯돌을 치는 것인데, 부싯돌을 쳐서 나온 불이 부정을 없애는 역할을 한다.

14 유곽 안 일곱 칸의 찻집: 대문에서부터 오른쪽으로 서 있는 일곱 칸의 찻집이 격이 제일 높았으며, 이곳에서 격이 높은 큰 유곽으로 손님을 안내하기 때문에 이곳을 통하지 않으면 갈 수 없는 시스템이었다.

15 초롱불(提燈): 가게의 상징 무늬가 들어있는 초롱불을 들고 다녔다.

금속을 댄 셋타[16] 신발을 신고 짤랑짤랑 소리 내며 바쁜 듯이 걷는다. 옆에 낀 작은 꾸러미가 무엇인지는 물어볼 필요도 없다. 찻집에서 걸쳐놓은 하네바시 다리[17]의 다리받이를 '탁탁' 소리 나게 차면서 말한다.

"돌아가면 머니까 이쪽으로 보내드릴게요."

이곳에서는 이런 사람들을 '바느질 장이'라고 부른다.

이 일대 풍속은 다른 곳과 달라서 여자의 우시로오비(後帶)를 제대로 맨 사람이 드물고[18] 화려한 무늬를 좋아하며, 대개는 창기들이나 매는 폭넓은 마키오비(卷帶)[19]를 매고 있다. 나이든 아주머니라면 또 몰라도 열대여섯 살의 아무것도 모

---

16 셋타(雪駄): 바닥에 금속을 댄 일본 신발로, 대나무 껍질로 만든 신발 바닥에 가죽을 대고 발가락 사이에 끼는 끈을 고정하기 위해 금속을 박았다. 이 신발은 바닥에 금속을 댔기 때문에 걸을 때마다 짤랑짤랑 금속 부딪치는 소리가 난다.

17 * 찻집에서 걸쳐놓은 하네바시 다리(하네바시: 刎橋): 까만 도랑가에 있는 유곽이나 찻집들이 뒷문을 통해서 유곽 밖으로 나오기 위해 걸쳐놓은 것으로 평소에는 바퀴를 달아서 끌어 올려놓았다가 필요하면 끈을 풀어 다리를 내렸다. 이 다리는 유곽 안에서 밖으로 나오는 지름길로 쓰였기에 도랑 바깥쪽에 다리받이가 있는데, 동네의 바느질하는 여자도 이 다리를 사용하면서 유곽이라는 동네 환경이 생활화되고 있었다. 바느질하는 여자는 다리의 다리받이를 '탁탁' 소리 나게 차서 신호를 보내어 바느질한 것을 건네는 지름길로 사용했다.

18 우시로오비(後帶)를 제대로 맨 사람이 드물고: 일본옷을 입을 때 일반인들은 허리띠를 뒤에서 단정하게 매는데, 이곳에서는 그렇지 못한 것을 말한다.

르는 시건방진 애들이 피임약으로 쓰이던 꽈리를 입에 물고 있으니, '저 꼴이 뭐냐'고 상을 찌푸리는 사람도 있지만, 살아가는 장소가 장소인 만큼 어쩔 수가 없다.

어제 개천가의 포장마차에서 만났던, 무슨 무라사키(紫)²⁰라고 하던 유녀는 오늘 이 동네에서 제법 얼굴이 알려진 기치(吉)²¹와 함께 닭꼬치 가게를 차린다고 한다. 잘 되면 좋겠지만 그러다가 재산을 닭 뼈다귀처럼 몽땅 날리고 나면, 다시 원래의 창기 모습으로 되돌아갈 것이다. 어딘지 풋내기가 하는 것보다는 보기 좋게 느껴지는지, 이런 분위기에 물들지 않는 어린이가 없다.

가을하고도 9월. 니와가(仁和賀) 행사²²를 할 때쯤의 큰길가는 가히 장관이다. 도대체 어떻게 배웠는지 이 동네 아이

<hr>

19 폭넓은 마키오비(卷帶): 창기들이 매는 허리띠는 일반 가정에서 매는 허리띠보다 더 폭이 넓은 것을 사용했는데, 이곳은 장소가 장소인 만큼 동네 사람들도 이런 것을 흉내 내어 매고 있었다.

20 무슨 무라사키(紫): 일본 고전 소설인 『겐지 이야기(源氏物語)』의 권 명이나 여자 주인공의 이름에서 따온 것인데, 무슨 무라사키라는 것은 이마무라사키(今紫)라든가 고무라사키(小紫) 등으로 불렸다고 추측된다.

21 기치(吉): 기치고로(吉五郎), 기치조(吉藏)등의 이름을 줄여서 부른 것이다.

22 니와가(仁和賀) 행사: 요시와라(吉原) 3대 행사의 하나로, 요시와라 게이샤들의 춤이나 알랑쇠들의 만담, 사자춤 등 여러 가지 기예를 뽐내면서 요시와라 유곽 내를 돈다.

들은 알랑쇠 로하치(露八)의 흉내 내기, 에이키(榮喜)[23]의 몸동
작 등을 맹자의 어머니도 놀랄 만큼 빨리 익힌다. 잘한다고
칭찬받기라도 하면 '오늘 밤에도 동네 한 바퀴'라며 시건방
지게 까부는 버릇은 일곱 살, 여덟 살 때부터 심해져서, 이윽
고 어깨에 수건을 얹어 놓고 유곽 노래인 '소소리부시(そそり
節)'[24]를 콧노래로 부르기까지 한다. 열다섯 소년이 조숙해지
는 것은 시간문제로 정말 무서우리만치 빠르다.

학교에서 교가를 부를 때에도 유행가에 나오는 '깃쫑쫑'[25]
이라는 말로 박자를 맞추고, 운동회 때도 동네 마쓰리 때나
하는 '기야리온도(木やり音頭)[26]'를 부른다. 그렇지 않아도 교
육은 어려운 것인데 이 동네 아이들을 가르치는 교사들의
걱정은 이만저만이 아니다.

이리야(入谷)[27] 근처에는 육영사(育英舍)라고 하는 학교도
있다. 사립이지만 학생 수는 천명 가까이나 되어서 좁은 교

~~~~~~~~~

23 로하치(露八)도 에이키(榮喜)도 알랑쇠로 유명한 사람들이다.
24 유곽 노래인 '소소리부시(そそり節)': 유곽에서나 부르는 놀리는 내용의
   노래이다.
25 '깃쫑쫑': 장단을 맞추기 위해 유행가 속에 집어넣은 의미 없는 말이다.
26 기야리온도(木やり音頭): 원래는 힘을 합쳐서 나무나 돌 같은 무거운 것을
   운반할 때 부른 노동가인데, 나중에 좀 세련되어져서 상량식이나 출전식,
   마쓰리에서 수레를 끌 때나 무리로 행렬을 지어 다니면서 춤출 때 이 노
   래를 불렀다.

실에 학생들을 잔뜩 집어넣었다. 학생들이 많은 불편을 겪는 것만 보아도 교사의 인덕이 후하지 못한 거라고 널리 알려졌는데, 그냥 학교라고만 하면 이 근처에서는 모르는 사람이 없다.

다니는 아이들도 가지가지다. 어떤 아이의 아버지는 동네 잡부이기도 해서, '아버지는 하네바시의 초소에 있다'고 일부러 가르쳐주지 않아도 아버지의 직업을 알게 되는 영특한 아이도 있고, 사다리 타는 흉내에 '아니, 재주를 넘었습니다'라는 등 있는 말 없는 말로 과장스레 떠벌리는 틀림없는 돌팔이 대변인의 자식도 있다. 또 '너희 아버지는 돈 안 내는 사람을 쫓아가서 돈 받아오는 사람이지?' 하고 남들이 말하면, 누구 자식이라고 말하기도 괴로워 어린 마음에 얼굴 붉히는 순진한 아이도 있다. 이곳을 들락거리는 유곽의 귀한 아들은 별채에서 화족님[28]인 양, 챙 달린 모자도 여유 있는 얼굴로 쓰고, 양복 입은 모습도 가볍고 멋있지만, 그렇다고 사람들이 '도련님, 도련님' 하며 이 아이를 추종하는 것

~~~~~~~~~~

27 이리야(入谷): 도쿄 다이토쿠(台東區)에 있는 지명으로, 다이온지 앞에서 서남 쪽에 있다.

28 * 화족(華族): 1869년에 종래의 귀족들에게 주어진 칭호로 특권이 있는 사회적 신분이었는데, 1947년에 폐지되었다.

은 우스운 일이 아닌가.

많은 아이들 중에 '용화사'의 신뇨(信如)[29]라고 있는데 이 아이는 숱 많고 사랑스러운 검은 머리에 한창 윤기가 흐른다. 언젠가는 스님들이 입는 검은 옷으로 바꿔 입어야 할 텐데, 어쨌든 출가하고자 하는 것은 본인 마음에서부터 우러나온 것일까? 신뇨는 천성적인 학구파이기도 하고, 성격도 원래 얌전한 편이지만, 친구들은 오히려 그것을 기분 나빠하며 여러 가지 짓궂은 장난을 치기도 한다. 하루는 고양이 시체를 밧줄로 묶어서 '맡은 일이시니 인도 좀 해 주시죠'[30]라며 내던진 일도 있었다. 그렇지만 그것도 이제는 옛날 일이고, 지금은 학교 안에서 누구 한 사람 신뇨를 멸시하며 장난치는 일은 없어졌다. 나이는 열다섯에 보통 키의 소년인데 밤송이 같은 머리카락도 언젠가는 깎아야 할 스님의 아들이라고 생각하기 때문인지 보통의 아이들과는 달라 보인다. 이름도 후지모토 노부유키(藤本信如)라고 훈독하여 보통

---

29 '용화사'의 신뇨(信如): 龍華寺(류게지)는 가명으로 실재하지는 않는 절이다. 신뇨는 용화사 주지의 아들로 아버지를 이어 스님이 될 운명이다. 지문에서는 '신뇨'로, 대화문에서는 '노부'로 구분되어 불린다.

30 고양이시체를 밧줄로 묶어서 '맡은 일이시니 인도 좀 해 주시죠': 죽은 사람을 저 세상으로 인도하는 것이 승려가 맡은 일이라는 뜻으로, 아이들이 일부러 정중한 말씨를 쓰면서 신뇨를 놀리고 있다.

아이들처럼 읽히기는 하지만 역시 어딘지 모르게 불제자처럼 보이는 모습이다.

2
조키치와 신뇨

8월 20일은 센조쿠(千束) 신사[31]의 마쓰리(祭り: 축제) 전날 밤으로, 이날만큼은 젊은이들의 열성을 알아줘야 한다. 가마와 춤 무대를 만들고, 각 마을의 자존심을 걸고는 제방을 뛰어올라, 유곽 안까지도 쳐들어올 듯한 기세가 제법 사납다. 자라면서 들은 것들이 있어, 어린아이라고 해도 마음을 놓을 수 없는 이 마을이고 보니, 똑같이 갖춰 입은 유카타(裕衣)[32]는 말할 것도 없고 서로 의기투합해서 건방지게 까부는 모습

~~~~~~~~

31 센조쿠 신사(千束神社): 다이온지앞 일대 류센지초(龍泉寺町)의 수호신으로, 오곡을 다스리는 신을 모셔두고 있다.

32 ✱✱ 유카타(裕衣): 목욕을 한 뒤나 여름철에 입는 무명 홑옷인데 허리띠를 매어 고정한다. 축제 때는 대개가 유카타를 입는다.

을 보고 있으면 어른들 가슴은 철렁 내려앉기까지 한다.

옆동네패라고 스스로 인정하고 있는 난폭한 골목 대장은 동네 잡부 우두머리의 아들 조키치(長吉)로서, 나이는 열여섯이다. 아버지 대신 니와가 축제의 쇠 지휘봉[33]을 맡고 난 후론 기세가 등등해져서, 오비(帶)는 허리 밑까지 쳐지고, 말투는 거만하게 하기로 작정한 듯하여, 가히 밉살스러운 모습이다.

"저것이 잡부장의 아들만 아니었으면" 하고 잡부의 아내들이 험담하는 것도 무리는 아니다. 하지만 그런 사람들의 입방아는 안중에도 없이, 정작 조키치는 다른 일을 꾸미고 있었다.

'내가 아무리 마음껏 제멋대로 하고, 분수 이상으로 힘을 과시하고 있다고는 해도, 앞동네 다나카야(田中屋)의 쇼타로(正太郎)[34] 역시 만만치 않아. 나이는 나보다 세 살 어려도 집에 돈도 있고 사교적인 놈이라 그런지 몸에 애교가 배어 있으니 남들도 미워하지 않고, 당장 나의 적수가 있다면 그 녀

---

33 니와가 축제의 쇠 지휘봉: 지휘봉은 약 2미터 길이로 끝에 몇 개의 철로 된 고리가 달려 있다. 이 축제 때는 이것을 들고 행렬을 경호하는 전위의 역할이 있었는데, 이것은 축제 중에서 중책이었다.
34 다나카야(田中屋)의 쇼타로(正太郎): 앞동네 어린이 패의 대장으로, 다나카야는 쇼타로네 집의 가업인 전당포의 가게 이름이다.

석이야. 나는 사립학교에 다니고 있는데, 저쪽은 공립[35]이라고 해서, 같은 교가를 불러도 자기네가 큰집인 양하고 다니고 있어. 작년, 재작년에도 저쪽에는 어른의 바람잡이가 붙어서 축제의 취향도 우리보다 화려하고, 싸움을 걸래야 걸수도 없을 만큼 훌륭했으니까, 올해도 또 지면, 저게 누군지알아? 옆동네의 조키치 녀석이야 하면서 나의 힘을 허풍이라고 깔볼 거야. 그렇게 되면 벤텐(弁天) 연못[36]에서 헤엄칠때도 우리 편에 드는 사람은 많지 않겠지. 힘으로 말하자면당연히 우리 쪽이 세지만, 쇼타로의 점잖은 척하는 것에 속고, 게다가 공부도 잘하니까 두렵게 생각해서 우리 옆동네패의 타로키치(太郎吉), 상고로(三五郎) 등이 마음속에서는 저쪽 편이 된 것도 분한 일이야. 축제는 모레. 우리 편이 질 것같으면 이판사판으로 난폭하게 굴어서라도 쇼타로 얼굴에상처 하나 내는 것쯤은, 나도 눈 하나 다리 한쪽 없어지는 셈치면 할 수 있어. 우리 편은 인력거 가게의 우시(丑), 종이 꼬는 집의[37] 분(文), 장난감 가게의 야스케(弥助) 등이 있으면 지

〰〰〰〰〰
35 공립: 당시 공립 소학교(초등학교)는 사립 소학교보다 그 수가 아주 적었다.
36 * 벤텐(弁天) 연못: 칠복신의 하나로 비파를 켜는 재복(財福)의 천녀인 변
    재천(辯財天)을 모신 사당이 있으며, 이 연못은 사 오백 평의 넓이로 아이
    들의 놀이터였다.

는 일은 없을 거야. 아! 그보다는 그 아이. 그 아이! 후지모토 신뇨(藤本信如)! 똑똑한 후지모토라면 좋은 지혜도 빌려줄 거야.' 조키치는 그런 생각을 하며 18일 저녁 무렵, 귀찮은 모기를 쫓으면서 대나무 우거진 용화사의 뜰 쪽에서 신뇨 방으로 어슬렁어슬렁 걸어갔다.

"노부(信)야 있니?"

조카치는 얼굴을 들이밀고 말하기 시작했다.

"다들 내가 하는 일은 난폭하다고만 그러는데, 사실 그럴지도 모르지만, 분한 건 분한 거야. 좀 들어봐, 노부야. 작년에 내 막냇동생하고 쇼타로패의 어린놈이 초롱 부수기 대회[38]했던 거 기억하지? 그때도 대회 시작할 때 내 동생이 '덤벼라' 소리 치기가 무섭게 녀석의 패거리들이 여기저기서 튀어나와 어떻게 했는지 알아? 어린아이의 초롱까지 부숴버리고는, 헹가래를 치면서, '옆동네 녀석들 꼴 좀 봐라' 하고 조롱을 했더라구. 멀대같이 키 큰, 어른 같은 낯짝의 경단 가게 얼간이는 '우두머리면 단가. 체, 머리가 뭐야. 꼬리

───────

37 종이 꼬는 집: 일본 머리를 묶어 올릴 때, 그 머리를 묶기 위해서 일본 화선지를 꼬아 만든 끈을 쓰는데, 그 종이를 꼬는 부업을 하는 집을 말한다.

38 초롱 부수기 대회: 직사각형의 상자 모양으로 된 나무 틀에 종이를 바르고 긴 손잡이를 붙여서 그림이나 글씨를 써넣은 것인데, 축제 때는 갖고 다니면서 서로 부수는 대회를 했다.

다 꼬리. 돼지 꼬리다' 하고 욕을 했다는 거야. 나는 그때 센 조쿠 신사에 가 있었기 때문에 몰랐는데, 나중에야 그 이야기를 전해 듣고, 당장 복수하러 가자고 했지. 그런데 아버지한테 된통 꾸지람만 듣고는 울며 참을 수밖에 없었어. 재작년에, 너도 알다시피 문방구에 앞동네의 젊은이들이 모여서 만담대흰가 뭔가 했었잖아. 그때 내가 보러 갔더니 '옆동네엔 옆동네의 취향이 있을 텐데, 왜 이런 곳까지 오셨나?' 하고 시건방진 말을 하며 나는 무시하고 쇼타만 손님 대접을 하더라구. 난 그때 당한 수모가 아직 가슴에 맺혀 있어. 아무리 돈이 있어도 그렇지. 전당포에다 고리대금업자까지 하는 주제에 무슨 잘난 척이야. 그런 녀석은 살려 두는 것보다는 때려죽이는 편이 세상을 위해 좋아. 난 이번 축제 때는 무슨일이 있더라도 난폭하게 싸움을 걸어서 원수를 갚아줄 생각이야. 그러니까, 노부야, 친구지간에 조금만 도와줘. 네가 폭력적인 걸 싫어하는 것도 알고는 있지만, 제발 내 편 좀 들어줘. 옆동네의 수치를 씻는 거니까. 응? 자기네가 큰집 본가의 창가라고 하면서 으스대는 쇼타로를 혼내주자구. 내가 사립의 멍텅구리 학생이라는 소리를 들으면 네가 듣는 거나 마찬가지니까. 부탁이야. 살려주는 셈 치고 앞에서 큰 초롱만 한 번 휘둘러줘. 진짜로 억울하고 분해서 이번에 지면 나 조키치의 체면은 없어지는 거야"

조키치는 너무나도 억울해하며, 커다란 어깨를 흔들어 보인다.

"그렇지만 난 약해."

"약해도 좋아."

"초롱 같은 건 휘두를 수 없어."

"휘두르지 않아도 좋아."

"내가 들어가면 오히려 질 텐데. 그래도 좋겠어?"

"져도 좋아. 그렇게 되면 할 수 없다고 단념할 테니. 넌 아무것도 안 해도 좋으니까 그저 옆동네패라는 이름으로 으스대주기만 하면 돼. 그것만으로도 굉장히 사기가 올라갈 거야. 난 이렇게 무식해도 넌 유식하니까, 저쪽 녀석이 한문이나 뭔가로 조롱이라도 하면 우리 쪽도 한문으로 대꾸해 줘, 알았지? 아아 기분 좋다. 시원해졌어. 네가 승낙해 주니 천군만마를 얻은 것 같아. 노부야, 고마워."

조키치는 평소에 안 하던 상냥한 말을 다 한다.

한 사람은 짧은 삼척오비(三尺帶)[39]에 발끝에 걸쳐 신는 게

---

39 짧은 삼척 오비(三尺帶): 약 114센티미터로 짧게 자른 허리끈으로, 원래는 직공들이 했는데 나중에 좀 더 길게 해서 아이들도 사용했다.

타[40]차림의 잡부 우두머리 아들. 또 한 사람은 군청색의 겉옷에 보라색 헤코오비[41] 차림의 스님 같은 복장. 조키치와 신뇨는 생각하는 것이 정반대이고 말하는 것도 언제나 서로 엇갈리기 일쑤지만, 조키치가 우리 절이 있는 동네에서 태어난 아이라고 큰 주지 스님 부부가 편애도 하시고, 또 같은 학교에 다니기 때문에 사립학교라고 모욕당하는 것도 똑같이 기분 나쁘다. 게다가 원래 애교가 없고 상냥하지 못한 조키치이다 보니 마음에서 우러나와 편이 되어주는 자도 없어 애처롭기만 하다. 그런데 저쪽은 동네의 젊은이들까지 응원해주니, 다수와 소수가 싸우는 꼴이 되는 것이다. 비꼬는 차원을 넘어서 조키치가 지게 되면, 이것은 다나카야 쪽에서도 죄를 짓는 일이 아니겠는가? 어쩌다 부탁받은 의리라고는 해도 신뇨는 싫다는 말을 못했다.

"그럼 네 편이 될게. 네 편이 된다는 말에 거짓은 없지만, 되도록 싸움은 안 하는 쪽이 이기는 거야. 저쪽이 먼저 싸움

---

40 발끝에 걸쳐 신는 게타: 앞의 발가락 끼는 끈을 꼭 조여서 신는 신들은 주로 직공들이 신었는데, 이 신은 자칫하면 벗겨지기 때문에 앞으로 좀 굽은 자세로 재빨리 발을 옮길 필요가 있었다. 척척 움직이는 것이 멋있고 호협해 보였기 때문에 애용되었다.

41 헤코 오비(兵子帶): 남자나 아이들이 매는 허리띠인데, 가고시마(鹿兒島)의 병아(兵兒: 15세 이상 25세 이하의 청년)가 사용했다고 해서 이름이 붙었다.

을 걸어오면 할 수 없지만. 뭘, 닥치면 다나카의 쇼타로쯤 식은 죽 먹기니까."

신뇨는 자기 힘이 없는 것은 잊어버리고 책상 서랍에서 아버지께서 교토(京都) 나들이 때 사다 주신 고카지(小鍛治) 산[42]의 작은 칼을 꺼내 보인다.

"잘 들겠는데"라며 빠져들 듯 들여다보는 조키치의 얼굴.

위험하지. 아이들이 이런 것을 휘둘러서야 되겠는가.

---

42 고카지(小鍛治) 산: 고카지는 교토 삼조(三條)에 사는 고카지 무나치카(小鍛治宗近)라고 하는 헤이안(平安) 시대(794~1192) 이치조테이(一條帝) 무렵의 도공인데, 칼에 고카지의 이름을 넣은 작은 토산물 칼이다.

3
미도리와 아이들

풀면 발끝까지도 닿을 듯한 머리를 위쪽에 꼭 묶어서 앞머리를 크게 틀어 올린 머리 모양은 무거워 보이기도 하고, 샤구마(赭熊)[43]라는 이름도 좀 무섭지만, 이것은 요즈음 유행하는 것으로 유곽에서뿐 만이 아니라 양가의 따님들도 많이들 한다. 다이코쿠야(大黑屋)[44]의 미도리(美登利)는 흰 살결

---

43 샤구마(赭熊): 부풀린 머리를 넣어서 크게 머리를 올린 일본 전통식 머리 모양인데 원래는 유녀들이 하다가 1888년경부터 일반인들도 하게 되어, 화족 여학교의 학생을 비롯한 양가의 자녀들도 하게 되었다. 이렇게 이 무렵의 유행은 화류계로부터 퍼져나갔다. 그리고 이 이름에 빨간 흙색의 곰이라는 한자와 뜻이 들어있어서 이름이 무서워 보인다고 하는 것이다.
44 다이코쿠야(大黑屋): 소설 속 유곽의 가게 이름인데, 미도리가 여기에 살고 있다.

에 콧날이 오뚝하고, 입매가 작진 않지만 야무진 편이라서 보기에 흉하지 않다. 하나하나 뜯어보면 미인상과는 거리가 멀지만, 말하는 목소리는 가늘고 맑으며 남을 대할 때는 애교가 넘치고, 행동에는 활기가 있어서 보기에도 기분이 좋다. 감색으로 나비 무늬를 크게 수놓은 유카타를 입고, 검은 색과 흰색으로 앞뒷면에 색을 댄 주야오비(晝夜帶)[45]는 가슴까지 높게 올려 매고, 발에는 옻칠한 뒤가 둥근 게타를 이 근방에서는 흔히 볼 수 없는 높은 것[46]으로 신고, 아침 목욕을 다녀오면서 목을 하얗게 칠하고 수건을 걸치고 서 있는 모습을 보고는, 삼 년 후의 모습이 기대된다고 유곽에서 나오는 젊은이가 말했다.

미도리는 기슈(紀州)[47] 출신으로, 말씨에 사투리가 좀 섞인 것도 귀여운데, 무엇보다도 우선, 그녀의 시원시원한 성격

~~~~~~~~~

45 주야 오비(晝夜帶) : 검정색과 흰색을 앞뒤로 대서 만든 허리띠로, 검정색
은 밤을, 흰색은 낮을 나타낸다.

46 옻칠한 뒤가 둥근 게타를 이 근방에서는 흔히 볼 수 없는 높은 것 : 옻칠한
뒤가 둥근 게타(누리보쿠리 : 塗り木履)를 화류계에서는 뒤가 높은 것을 신는
데, 그중에서도 높은 것을 신은 것은 미도리를 어른스럽게 나타내기 위한
것이다.

47 기슈(紀州) : 현재의 와카야마(和歌山)현과 미에(三重)현의 일부에 해당한
다. 『키재기』의 초고에서 미도리는 기슈번 무사의 딸로 설정되어 있었는
데, 사족(士族)의 딸이라는 점에서 미도리는 이치요의 분신이라고도 생각
된다.

을 좋아하지 않는 사람이 없다. 아이에게는 어울리지 않을 만큼 무거운 돈주머니를 차고 다니는데 그것은 오로지 언니가 잘 팔리는 덕분이다. 유녀를 돌봐주는 할머니나 새로 들어온 유녀들이 언니에게 잘 보이기 위해 '인형이라도 사거라', '이건 적지만 받아둬' 하면서 마구 돈을 넣어 주니까 받는 미도리 쪽도 고마운 줄 모른다.

나눠주고 나눠주고. 같은 학년의 여학생 스무 명에게 고무공을 똑같이 나눠준 것은 사실 그다지 대수로운 일도 아니고, 어느 날은 단골 문방구에서 재고품인 장난감을 모두 사서 주인을 기쁘게 해 준 적도 있다. 이것 또한 매일 매일의 낭비이고 보니, 그 나이, 그 신분으론 할 수 있는 일이 아니다. 나중에 뭐가 되려고 그러는지 걱정할 만한 일이지만 미도리의 부모는 너그럽게 봐줘서 심하게 혼낸 적도 없다. 유곽 주인이 아껴주는 것도 퍽 살가워 이상한데, 듣자 하니 양녀도 아니고 친척은 더더욱 아니다. 언니가 몸 팔 때, 몸값을 정하러 온 유곽 주인이 권하는 대로 이곳에 생활기반을 마련하여, 부모와 자식 셋이서 맨몸으로 온 것이다.

나중에야 어떻게 될지 알 수 없으나 지금은 유녀의 숙소를 관리하며, 어머니는 유녀의 옷을 만들고, 아버지는 유곽의 서기[48]가 되었다. 미도리는 유예[49]와 수예도 배우고 또 학교에도 다니는데 그 외엔 제멋대로, 반나절은 언니 방에서, 나머지 반은 동네에서 놀며 지낸다. 미도리가 주로 듣고 보는 것은 샤미(三味)소리[50], 큰북 소리에, 자주색 옷의 화려한 유녀 모습이다. 처음엔 등나무꽃 색 홀치기 옷깃[51]을 옷 속에 걸치고 다닌다고 촌년, 촌년이라며 동네 여자아이들의 웃음거리가 되어 삼 일간 계속 울어댄 적도 있었지만, 지금은 오히려 내 쪽에서 남들을 비웃으며 촌티 나는 모습이라고 대놓고 미운 말을 하는데도 아무도 말대꾸조차 하지 못할 정도가 되었다.

"이십 일은 축제니까, 마음껏 재미난 일을 하자"라고 친구들이 졸라대자,

"하고 싶은 것은 무엇이든 각자 연구해서 모두가 좋아하는 것을 하는 것이 좋지 않겠어? 얼마가 들어도 좋아. 돈은

---

48 유곽의 서기: 유곽의 계산대에 앉아서 회계를 보거나 기부(妓夫)들을 관리한다.

49 ** 유예(遊藝): 유곽에서 필요한 예절 및 기예를 배우는 것을 말한다.

50 ** 샤미(三味) 소리: 샤미센(三味線) 소리로 현이 세 줄 달린 일본 전통 악기인데, 원래는 중국에서 전해진 것이 개량되었다.

51 홀치기 옷깃: 원문에서는 '시보리(絞り)의 한에리(半襟)'이다. 시보리는 홀치기를 한 옷감을 말하고, 한에리는 일본옷의 속옷 위에 덧대는 장식용 깃을 말한다. 당시엔 보통 검정 우단으로 된 것을 사용했는데, 미도리는 연보라색의 홀치기 헝겊을 걸쳤기 때문에 비웃음을 샀다.

내가 낼 테니까"라고 언제나 그렇듯이 계산도 하지 않고 떠맡으니, 과연 아이들이 여왕님으로 떠받들만하다. 다시없는 좋은 기회를 어른보다도 더 빨리 알아차린 누군가가,

"차반(茶番)[52]으로 하자. 어딘가의 가게를 빌려서 길에서 보이게끔 말야"라고 하자, 꼰 수건으로 머리띠를 한 남자아이들도 옆에서 한마디씩 한다.

"바보 같은 소리 마. 그보다는 가마를 만들어줘. 가바타야(浦田屋)[53]가 안에 장식해 놓은 것 같은 진짜 가마를. 무거워도 상관없어. 으샤으샤 가마를 움직이는 건 별것 아니니까."

"그러면 우리가 재미없어. 모두가 떠드는 걸 보는 것만으로는 미도리도 재미있을 리가 없잖아."

"뭐라도 너네 좋을 대로 해"라며 여자아이들 한패는 축제에는 신경 쓰지 말고 도키와좌(常般座)[54]에 연극이나 보러 갔으면 좋겠다고 하는 말투가 우습다.

다나카야의 쇼타로가 귀여운 눈으로 이쪽저쪽 둘러보며

---

52 ** 차반(茶番): 만담 같은 놀이이다.

53 가바타야(浦田屋): 가바타야가 이 동네의 자산가인 것은 쇼타로의 말에서 알 수 있다.

54 도키와좌(常般座): 1887년 10월에 개장한 아사쿠사(淺草)에 있던 연극 극장이다.

말한다.

"환등[55]으로 안 할래? 환등으로. 나한테도 조금은 있으니까, 모자라는 것은 미도리한테 사 달래서. 문방구에서 하는 게 어때? 내가 비출 테니까, 옆동네의 상고로에게 설명을 시키자. 미도리야 그렇게 안 할래?"

그러자 다른 아이가 맞장구를 친다.

"아아, 그거 재밌겠다. 상고로가 하는 설명이라면 누구라도 안 웃고는 못 배길 거야. 하는 김에 그 얼굴도 비춰주면 더 재밌겠다."

신이 난 아이들은 머리를 맞대고 상의를 한다. 부족한 것을 사 오는 역할은 쇼타로가 맡아서 땀을 흘리며 뛰어다녔다. 다음날 이 아이들의 계획은 옆동네까지도 전해졌다.

---

55 환등(幻燈): 소형 환등은 완구로서 1874년에 수입되어 1890년경에는 전국적으로 유행하였다.

4
아이들의 결전 준비

북 치는 소리, 샤미 소리가 끊임없는 이곳도 마쓰리만큼
은 큰 잔치다. 도리노이치(酉の市)를 빼고는 일 년에 한 번 있
는 즐거움이다. 미시마신사, 오노데루(小野照)신사가 바로 옆
에 있어서, 지지 않으려는 경쟁심이 더욱더 치열하다. 앞동
네도 옆동네도 빠짐없이 똑같이 마오카(眞岡)[56] 면수건에 동
네 이름을 표시하였는데, 작년보다는 모양이 예쁘지 않다며
투덜거리는 사람도 있다. 사람들은 치자 물을 들인 노란 모
시의 넓은 어깨띠[57]를 좋아하고, 열네다섯보다 어린아이들
은 오뚝이, 부엉이, 종이로 만든 개 따위의 여러 가지 장난

---

56 마오카(眞岡): 도치기(栃木)현의 지명으로 이곳에서는 튼튼한 면이 생산된다.

감을 많이 가지고 있을수록 자랑으로 여겨서, 일곱 개, 아홉 개, 열한 개씩 만드는 아이도 있다. 큰 종, 작은 종을 등에 매달고, 버선발로 뛰어나가는 아이들의 모습은 용맹스러워 보이면서도 한편으론 우습다.

다나카의 쇼타로는 무리와는 떨어진 채 빨간 줄이 들어있는 시루시 한텐(印半天)[58]을 입었다. 뽀얀 목덜미에 감색의 하라가케(腹掛)[59]를 걸쳤는데 흔치 않은 분장이라고 생각하여 자랑스러운 듯하다. 꼭 조여 맨 허리띠의 연녹색도 지리멘(縮緬)[60]에 물들인 훌륭한 염색이고, 깃에 새긴 가게 이름의 염색도 두드러진다. 뒤로 묶은 머리띠에 가마의 꽃을 한 송이 꽂고, 가죽끈의 셋타 소리를 내기는 하지만, 흥을 돋울 만큼은 되지 못한다.

전야 축제도 무사히 끝난 그 날의 해 질 녘, 문방구에 모여든 건 열두 명. 아직 오지 않은 미도리는 저녁 화장이 길어지

57 * 치자 물을 들인 노란 모시의 넓은 어깨띠: 치자 열매로 염색을 하면 노란색으로 물드는데, 치자 열매의 염색은 이를 쫓기 때문에 아이들 옷에 많이 썼다. 아이들에게 친근하고 마귀를 쫓는 부적처럼 사용되기도 했다. 어깨띠(たすき)는 소매를 걷어 올리기 위해 사용하는 어깨 띠를 말한다.

58 시루시 한텐(印半天) : 옷깃이나 등에 가게 이름 등이 인쇄된 겉옷이다.

59 하라가케(腹掛): 겉옷 속에 입는 앞치마 같은 작업복이다.

60 ** 지리멘(縮緬): 바탕이 오글쪼글한 고급비단이다.

는 모양이다. 쇼타로는 '아직이야? 아직이야?' 하고 문을 들락거리며 재촉했다.

"상고로. 네가 가서 불러와라. 넌 아직 다이코쿠야의 숙소에 간 적이 없겠지만, 뜰에서 미도리야 하고 부르면 들릴 거야. 빨리빨리."

"그러면 내가 불러올게. 초롱을 여기에 두고 가면 촛불을 훔쳐 가는 사람은 없겠지. 쇼타야, 지키고 있어."

"치사한 놈아, 그런 말 할 틈 있으면 빨리 갔다 와."라고 저보다 나이 어린 녀석한테 혼이 나고서야 상고로는,

"알았어. 지금 당장 갔다 올게." 하며 뛰어나가는데 '번개같이'란 이것을 두고 한 말일 터이다. 그 뒷모습을 쳐다보며,

"쟤 뛰는 거 웃긴다"라며 여자아이들이 웃는 것도 무리가 아니다.

뚱뚱하면서 키는 작고, 머리는 짱구에다 목은 짧고, 얼굴은 튀어나온 이마에 납작코이니, '뻐드렁니 상고로'라는 별명이 붙을 만도 하다. 피부색은 말할 나위 없이 검은데, 익살스러운 눈매에 양쪽 볼의 귀여운 보조개가 있는 것은 감탄할 만하다. 눈 가리고 얼굴 그리기 놀이에서나 볼 수 있을 듯한 눈썹인 것 또한 우습지만, 그래도 상고로는 천진난만한 아이다. 아, 가난이 죄구나. 싸구려 아와지지미(阿波ちぢみ)[61]

로 통 소매를 만들어 입었다.

 "나는 다른 사람들과 같은 것을 맞출 틈이 없었어"라고 자신의 사정을 모르는 친구에게는 말하는 모양이다.

 상고로를 비롯해서 여섯 명의 아이들을 키우는 상고로의 부모는 인력거만 믿고 사는 몸이다. 유곽 앞길 오십 채에 좋은 단골이 있긴 하지만 집안 살림은 인력거를 굴리듯이 마음대로 굴러가는 것이 아니니 어쩔 수 없는 일이다. 열세 살이 되니 다 컸다고 상고로는 재작년부터 나미키(並木)[62]에 있는 인쇄소에도 다녔으나 게으름뱅이 근성으로 열흘도 참질 못하고, 한 달도 같은 직업에 머무르는 일이 없었다. 11월부터 봄에 걸쳐서는 쓰쿠바네(突羽根)[63]의 가내 부업을 하고, 여름엔 보건소 앞 빙수 가게에서 심부름하며 말도 재미있게 손님을 잘 끌어 남에게는 귀여움을 받기도 하였다. 작년

~~~~~~~~~

61 ** 아와지지미(阿波ちぢみ): 도쿠시마(德島) 현 아와(阿波) 지방에서 생산되는 면으로 바탕에 잔주름이 생기도록 짠 옷감인데, 흰 바탕에 갈색이나 감색으로 된 줄무늬나 간단한 무늬가 있으며 값이 싸다.

62 나미키(竝木: 가로수): 우에노(上野) 아사쿠사(淺草)의 가미나리몬(雷門) 정면에서부터 고마가타바시(駒形橋) 서쪽 끝까지를 이렇게 불렀다. 벗나무, 소나무, 개오동나무를 가로수를 심은 데서 이름이 붙었다.

63 쓰쿠바네(突羽根): 정초에 하는 일본의 전통적인 놀이인 하고이타(羽子板: 일본식 공치기에 쓰는 배드민턴 라켓 같은 것)로 치는 공인데, 무환자나무 씨앗에 날개를 붙인 것으로, 이 놀이는 일 년간의 액을 없애고 아이들의 건강과 성장을 기원한다는 의미가 있다.

에 니와가의 노점상[64]을 하고부터는 친구들이 깔보고 아직
도 '만넨초(万年町)'[65]라고 부르기도 하지만, 상고로라고 하
면 익살스러운 녀석으로 알려져서 미워하는 자가 없는 것
도 복이다.

그러나 상고로에게 이곳 다나카야는 자신의 생명 줄과 같
다. 부모 자식이 함께 받는 은혜도 적지 않다. 일수라고 해서
결코 이자가 싼 것은 아니지만 이거라도 없으면 안 되는 돈
줄이니 소홀히 생각할 수는 없다. '상고로, 우리 동네에 놀
러 와'라고 말하면, '싫다'고는 할 수 없는 의리가 있다. 그
렇지만 상고로는 옆동네에서 태어나서 옆동네에서 자란 몸.
사는 땅은 용화사의 것. 집주인은 조키치의 부모이고 보니
겉으론 옆동네패를 배반할 수도 없는 일. 남몰래 이쪽 볼일
을 보고 미움받을 때는 괴롭기만 하다.

쇼타로가 문방구 앞에 앉아서 기다리는 동안 심심풀이로
'시노부 고이지(忍ぶ恋路)'[66]를 작은 소리로 노래하니,

---

64 * 니와가의 노점상 : 니와가 축제 때는 가난한 만넨초 사람들에게만 노점
   상을 할 수 있게 했다.
65 * 만넨초(万年町) : 당시 삼대 빈민굴의 하나로, 빈곤한 마을이었다.
66 시노부 고이지(忍ぶ恋路) : 동네에서 불리던 노래로 '남몰래 하는 사랑'이
   라는 첫 구절이다.

"야아, 보통내기가 아니네" 하며 주인아줌마가 웃는다. 그러자 쇼타로는 공연히 귓불이 빨개져서는 얼버무리는 높은 목소리로,

"다들 나와봐!" 하고 아이들을 불러보지만, 아이들이 뛰어나오기가 무섭게 쇼타로의 할머니가 나타났다.

"쇼타는 저녁을 왜 안 먹니? 노는데 정신이 팔려서 아까부터 부르는 것도 모르냐? 다들 나중에 또 놀아 줘라. 고맙다." 하면서 문방구 주인 여자에게도 인사를 한다. 할머니가 손수 데리러 오니 쇼타로도 싫다고는 말하지 못하고 그대로 끌려가 버렸다. 쇼타로가 간 뒤론 갑자기 허전하고, 사람 수는 그다지 변하지 않았지만 그 아이가 보이지 않으니 어른까지도 허전해한다. 쇼타로는 야단법석 떨지 않고 농담도 상고로만큼 하는 것은 아니지만 사람들이 호감을 느끼는 것은 부잣집 아들에게서는 좀처럼 볼 수 없는 붙임성 때문이다.

큰 길가에 서서 두세 명의 아낙이 쇼타로 할머니를 흉보며 남의 집 재산을 계산한다.

"다나카야의 과부가 천하게 하고 다니는 것에 대해서 어떻게 생각하나."

"저래 봬도 나이는 예순넷이고 분을 안 발랐으니 그나마 좀 나은 편이지만, 머리를 큼직하게 마루마게(丸髷)[67]로 올려

매고는 간드러진 목소리로 남이 죽는 것도 상관없이 빌려준 돈을 재촉하니, 틀림없이 죽을 땐 돈을 지고 가실 거야.”

"그래도 이쪽이 머리를 들 수 없는 것은 돈의 위력이지. 그러고 보니 돈이란 거 좀 있었으면 좋겠네. 저 댁은 유곽의 큰 집에도 빌려준 것이 많다고 들었는데.”

---

67 마루마게(丸髷): 일본 가정주부들이 둥글게 묶어 올린 머리 모양으로, 젊을수록 크게 묶었는데 작게 만들수록 품위가 있다고 한다. 과부는 보통 머리를 자르고 있었다.

5

한판 붙는 옆동네와 앞동네

'기다리는 몸이 괴로운 한밤중의 화로, 그것은 사랑이야'
라는 노래 가사도 있지만, 미도리를 기다려야 하는 상고로
는 괴롭기만 하다. 부는 바람 시원한 여름의 저녁 무렵, 대낮
의 무더위를 목욕으로 씻어 보내고 몸단장을 하는 거울 속
으로 어머니가 손수 머리끝 손질을 해주며, 내 자식이지만
너무 고와서 서서도 보고, 앉아서도 보며, 목에 바른 분이 옅
다고 계속 말한다. 홑옷인 하늘색 유젠조메(友禪染)[68]는 시원
해 보이고, 고동색 바탕에 금색 줄무늬를 넣은 마루오비(丸

---

68 ** 유젠조메(友禪染): 비단에 산수화조(山水花鳥) 등의 무늬를 풍부한 색
   채로 사실적으로 염색해내는 염색의 양식 및 기법인데, 에도시대(1603-
   1867)에 교토의 미야자키 유젠(宮崎友禪)이 창안하였다.

帯)[69]는 폭이 조금 좁은 것을 매었는데, 뜰에 놓인 디딤돌 위에서 게타를 신기까지는 시간이 꽤 걸렸다.

이제나저제나 하며 담 둘레를 수없이 돌고 하품도 할 만큼 하고 쫓아도 쫓아도 극성스러운 모기한테 목이며 이마며 수없이 물려서 상고로가 진이 빠졌을 무렵, 미도리가 나와 '자 가자'라고 말하니 상고로는 말없이 소맷자락을 붙잡고 뛰기 시작한다. 하지만 미도리가 '숨차다', '가슴 아프다', '그렇게 서두르려면 난 모르겠다, 너 혼자 가라'며 화를 내는 바람에 둘은 따로따로 도착했다. 문방구 앞까지 왔을 때 쇼타로는 할머니에게 붙들려 집에 돌아가 저녁을 먹는 중이었다.

"아, 재미없어, 재미없어. 쇼타 그 애가 안 오면 그림자놀이는 시작도 하기 싫어. 아줌마, 이 집에 지혜판[70]은 안 팔아요? 장기판이든 뭐든 좋아요. 손이 심심해서 그래요."

심통이 난 미도리가 투정을 부린다.

---

69 마루 오비(丸帯): 한 장의 허리띠 끈을 두 쪽으로 접어서 심을 넣어 박은 예장용의 여자 허리띠인데, 미도리가 폭이 좁은 것을 사용하고 있는 것은 아직 어른의 몸이 되지 않았기 때문으로, 고급품인 이것을 자르지 않고 접어 넣었다가 나중에 고쳐 쓸 수 있도록 해두었다.

70 지혜판: 장난감 종류로 두꺼운 종이에 삼각형, 사각형이 그려져 있는 것을 오려서 새 모양, 말 모양을 만들어서 논다.

"자" 하고 문방구 아주머니가 지혜판을 내어 주자, 그 자리에서 가위를 빌려 여자아이들이 판을 오리기 시작한다. 남자아이들은 상고로를 중심으로 니와가 행사 때의 춤과 노래를 아는 대로 하기 시작한다.

"북 유곽의 전성을 살펴보면 처마엔 초롱 전등, 언제나 번성하는 오번지[71]" 하며 모두가 목소리를 합해 흥을 북돋우니, 기억도 좋아서 작년 재작년의 노래까지 거슬러 올라가 몸짓 손짓 손 박자 하나도 틀리는 것이 없다.

들떠 있는 십여 명이 떠드는 소란이고 보니, 무슨 일인가 하고 문 앞에 모여드는 사람들로 순식간에 울타리가 만들어진 바로 그때,

"상고로 있냐? 잠깐 나와봐. 빨리" 하며 분지(文次)라고 하는 옆동네의 종이 인형집 아들이 부른다. 상고로가 아무런 준비도 없이,

"나를 왜 찾니?" 하며 가볍게 문턱을 뛰어넘는 순간, 조키치가 나타났다.

"이 양다리 걸친 놈 각오해라. 옆동네 얼굴에 먹칠하는 놈.

---

71 언제나 번성하는 오번지: 도쿄 요시와라(吉原) 유곽 중심지의 동네 이름인데, 유곽의 전성기를 알리는 노래 '전성가'의 한 구절이다.

그냥 두지 않겠다. 내가 누군지 알겠어? 조키치다. 까불다가
후회하지 말라구."

으름장을 놓은 조키치가 상고로의 뺨따귀를 한 대 치자,
'앗'하며 혼비백산해서 도망치려고 하는데 옆동네의 한 패
거리가 상고로의 뒷덜미를 잡아끈다.

"상고로를 패죽여라. 쇼타를 끌어내라. 겁쟁이 놈 도망가
지 마라. 당고 가게의 멍청이도 그냥 두지 않겠다."

파도처럼 끓어 오르는 소란으로 문방구 처마에 달아 놓은
초롱은 애꿎게 다 부서져 떨어지고, 매달린 램프도 위태롭다.

"가게 앞에서 싸우면 안 돼."

문방구 아주머니의 부르짖음도 아랑곳없이, 거의 열네댓
명의 아이들이 비비 꼰 수건 머리띠를 하고 큰 초롱을 휘두
르며 닥치는 대로 난폭하게 굴면서 흙 묻은 발로 들이닥치
는, 말릴 수조차 없는 일이 벌어졌다.

그러나 노리는 적수인 쇼타가 보이지 않는다.

"어디에 숨겼지? 어디로 도망갔어? 자, 말해, 말 안 할 거
야? 말 안 하고 배길 줄 알아?" 상고로를 둘러싸고 치고 차는
통에, 미도리는 화가 나서 말리는 사람을 뿌리치고 나섰다.

"이봐, 너희들 상이가 무슨 잘못을 했다는 거야? 쇼타하고
싸우고 싶으면 쇼타하고 싸우면 되지. 도망간 것도 아니고

숨긴 것도 아냐. 쇼타는 없잖아. 여기는 내 구역이니까 너희들 손가락 하나 까딱하지 마. 에이 못된 조키치 녀석. 상이를 왜 때려? 봐, 또 넘어뜨렸다! 원한이 있으면 날 때리라구! 내가 대신 상대해주겠어. 아줌마 말리지 마세요"라며 혼신을 다해서 퍼부어댄다.

"뭐야 이 계집애, 입이나 놀리고. 그래 봤자 그 언니에 그 동생이지. 야, 이 거지야! 네 상대는 이거야."

많은 사람 뒤에서 조키치가 빈정대며 흙투성이 신발을 집어 던지니 빗나가지도 않고 미도리의 이마에 더러운 것이 직통으로 맞았다. 미도리는 안색이 변하여 발끈하는데 다치기라도 하면 어쩌나 하고 문방구 아주머니가 미도리를 끌어안으며 말린다.

"꼴좋다. 이쪽엔 내 친구 용화사의 후지모토가 버티고 있다구! 보복하려면 언제라도 와라. 멍청한 놈들, 겁쟁이들, 못난 놈들. 집에 돌아갈 때는 숨어서 지키는 옆동네의 그림자를 조심하라구."라고 말하며 상고로를 땅 위에 패대기친 그때 마침 구둣발 소리가 들려온다. 누군가가 파출소에 신고한 모양이다.

"가자" 하고 조키치가 말하자, 우시마쓰(丑松), 분지 등 십여 명의 패거리들이 방향을 달리해서 재빨리 도망친다. 뒷

길로 빠지는 녀석도 있다.

"분하다 분해. 조키치 녀석, 분지 녀석, 우시마츠 녀석, 왜 날 안 죽여. 왜 안 죽여. 나도 상고로다. 내가 그냥 죽을 줄 아냐. 유령이 되어서라도 너희들부터 죽일 거야. 각오해라, 조키치 녀석!"

상고로는 닭똥 같은 눈물을 뚝뚝 떨어뜨리며, 마침내는 큰 소리로 '우왕' 하고 울어버린다. 맞은 데도 아플 텐데, 소매가 군데군데 찢어지고 등도 허리도 모래투성이다. 말리려 해도 말릴 수 없는 엄청난 기세에 그저 안절부절못하고 애만 태운 문방구 가게 아주머니가 뛰어와서 상고로를 안아 일으키며 등을 쓰다듬고 모래를 털어준다.

"용서해라. 어쨌든 저쪽은 많고 이쪽은 모두 약한 사람들이라 어른조차 손을 못 쓰니 당해내지 못할 것은 뻔하고…. 그래도 다친 데가 없으니 다행이야. 이제는 길가에 지켜서 있을까 봐 걱정이네. 다행히 와 준 순사가 집까지 바래다주면 우리도 조금은 안심이 될 텐데…. 보시는 바와 같은 사정이오니" 하며 문방구 가게 아주머니는 마침 온 순사에게 저간의 연유를 대충 설명했다.

"직무상 데려다줄게" 하며 순사가 손을 잡는다. 그러나 상고로는 오히려 몸을 움츠린다.

"아뇨, 아뇨. 데려다주지 않으셔도 갈 수 있어요. 혼자서 갈게요."

"아니, 무서워할 건 없어. 너희 집까지 데려다주는 것뿐이니까 걱정할 것 없어."

순사가 미소지으며 머리를 쓰다듬자 상고로는 더욱더 움츠린다.

"싸웠다고 하면 아버지한테 혼나요. 조키치 아버지가 우리 집주인이거든요."

그렇게 말하며 풀이 죽은 상고로를 순사가 부축한다.

"그럼 문 앞까지 데려다줄게. 혼나게는 안 할 테니까."

마침내 순사가 상고로를 데려가니 주위 사람들은 안심하고 멀어져 가는 것을 바라보는데, 저게 웬일인가? 옆동네의 모퉁이에서 상고로는 순사 손을 뿌리치고 쏜살같이 도망쳤다.

6

결전 다음 날, 미도리와 쇼타로

"희한한 일도 다 있네! 이 무더운 날에 눈이라도 오려나? 미도리가 학교 가기를 싫어하다니, 뭔가 특별히 기분 나쁜 일이 있었나 봐? 아침밥을 못 먹겠으면, 나중에 생선 초밥이라도 마련할까? 감기치고는 열도 없고, 아마 어제의 피로가 남았나 보네. 타로 신사(太郎神社)[72]의 아침 참배에는 엄마가 대신 가줄 테니 쉬고 있어라."

"아니, 아니에요. 언니가 번창하도록 내가 비는 거니까, 내가 안 가면 마음이 편치 않아요. 사이센(賽錢)[73] 주세요. 다녀

---

[72] 타로 신사(太郎神社): 시타야 겟코초(下谷 月光町)에 있는 신사로 에도시대에는 상당히 번창했다. 참도에는 빨간 도리이(鳥居)라고 하는 문이 겹겹이 세워져 있었다.

올게요."

미도리는 집을 뛰쳐나와 나카탐보(中田圃)[74]에 있는 신사의 종을 흔들어 손을 모으고 간절한 표정으로 빈다. 과연 무엇을 기원하는 것일까? 갈 때도 올 때도 기운 없이, 샛길 따라 돌아오는 미도리의 모습. 그것을 보고 멀리서부터 쇼타로가 다가와서 옷자락을 당기고는 느닷없이 사과한다.

"미도리야, 엊저녁엔 미안했어."

"네가 사과할 건 아무것도 없어."

"그래도 내가 미움을 사서, 내가 싸움 상대인데…. 할머니가 부르러 오시지 않았더라면 돌아가지는 않았을 텐데. 그렇게 마구 상고로를 때리게 놔두지는 않았을 거야. 오늘 아침 상고로를 보러 갔더니, 그 녀석도 울면서 분개하더라구. 난 듣기만 해도 분해. 네 얼굴에 조키치 녀석이 신발을 던졌다며? 그 녀석 아무리 난폭해도 정도가 있지. 그렇지만 미도리야, 용서해 줘. 내가 알면서 도망갔던 건 아니야. 밥을 서둘러 먹고 밖에 나가려 했더니 할머니가 목욕탕에 가신대잖아. 집을 보고 있는 사이에 싸움이 일어난 거야. 난 정말로

~~~~~~~~~

73 ** 사이센(賽錢): 신사에 설비된 함에 던지는 적은 돈을 말한다.

74 * 나카탐보(中田圃): '논의 한복판'이라는 뜻인데, 타로 신사가 있는 이 일
   대를 이렇게 불렀다.

몰랐어."

쇼타로는 자기 잘못처럼 싹싹 빈다.

"아프진 않아?"하며 이마를 올려다보는데, 미도리는 싱 긋 웃으며,

"뭘, 다칠 만큼은 아니야. 그런데 쇼타야, 누가 묻더라도 조키치가 나한테 신발을 던졌다고 말해선 안 돼. 만에 하나 어머니가 듣기라도 하면 내가 혼나. 부모조차 얼굴에는 손 을 안 대는데, 조키치 따위의 신발 진흙이 내 이마에 묻었다 면 밟힌 거나 마찬가지니까"라고 말하면서 돌리는 얼굴이 사랑스럽다.

"정말로 용서해 줘. 모두 내가 나빠. 그러니까 빌게. 기분 풀어. 네가 화내면 내가 힘들어."

쇼타로는 이야기하면서 걷다가 어느새 자기 집 뒤쪽 가까 이에 오자,

"들어가지 않을래? 미도리야, 아무도 없어. 할머니도 일숫 돈 걷으러 나가셨을 테고, 나 혼자서 심심해 죽겠어. 전에 말 한 니시키에(錦繪)[75]를 보여줄 테니까 들어가자. 여러 가지가

~~~~~~~~~~

75 니시키에(錦繪: 비단 그림): 에도시대에 만들어진 목판으로 찍은 다색판화 로 우키요에(浮世繪)인데, 스즈키 하루노부(鈴木春信)가 만든 것은 특히 비 단처럼 아름다운 채색을 띠었다고 해서 니시키에라고도 했다.

있으니까"라며 소맷자락을 잡고 놓지 않는다. 미도리는 말 없이 끄덕이고 한적한 쪽문을 통해 뜰로 들어갔다.

넓진 않으나 화분이 정취 있게 놓여 있고 처마 끝엔 풍경 이 매달려 있는데, 이것은 쇼타로가 신사 축제 때 산 것인 듯 했다. 사정을 알지 못하는 사람은 고개를 갸우뚱할 것이다. 동네에서 제일가는 재산가라지만 가족은 할머니와 단둘이 다. 많은 열쇠를 간수하느라 신경을 써야 하지만, 집이 빌 때 는 앞에 있는 모든 나가야(長屋)[76]들이 다 봐주니 결코 도둑 맞는 일은 없었다. 쇼타로는 먼저 올라가서 바람이 잘 통하 는 곳을 골라 "이쪽으로 와" 하며 부채질을 해준다. 그 모습 이 열세 살 아이치고는 너무 조숙해서 우습기까지 하다.

쇼타로는 예부터 전해 내려온 니시키에를 있는 대로 꺼내 와 칭찬받는 것을 좋아한다.

"미도리야, 옛날 하고이타(羽子板)[77] 보여줄게. 이것은 우리 엄마가 저택에서 일하고 있을 때 받으신 거래. 이상하지 않 아? 너무 크잖아! 사람 얼굴도 지금 것하고는 다르지. 아, 엄 마가 살아있다면 좋을 텐데. 내가 세 살 때 죽었어. 아버지는

---

76 나가야(長屋): 쇼타로네 소유의, 집 맞은편에 있는 길게 연결된 집이다.
77 ** 하고이타(羽子板): 정초에 하는 일본의 전통적인 공치기 놀이 때 쓰는 배드민턴 라켓 같은 것이다.

살아있지만, 시골 원래 살던 집으로 가버렸기 때문에 지금
은 할머니뿐이야. 넌 좋겠다."

쇼타로는 공연히 부모 이야기를 꺼낸다.

"그러다 젖겠다. 남자가 우는 게 아니야." 하고 미도리는
응수한다.

"나는 마음이 약한가 봐. 가끔 여러 가지 일이 생각 나. 지
금은 괜찮지만 겨울 달밤 같을 때 다마치(田町)[78] 근방에 돈
받으러 다니다가 둑까지 와서 몇 번이고 운 적이 있어. 뭐 추
위 따위로 우는 게 아니라, 나도 모르게 여러 가지 일을 생
각하게 돼. 그래, 재작년부터 나도 일숫돈을 받으러 다녀. 할
머니는 노인이니까 밤에는 위험하고, 눈이 나쁘니까 도장
을 찍을 때도 자유롭지 못해서. 지금까지 몇 번이고 남을 시
켜봤지만, 노인과 아이뿐이니까 깔보고 뜻대로 안 해준다고
할머니가 그러셨어. 내가 좀 더 어른이 되면 전당포를 내어
서 옛날처럼은 안되더라도 다나카야의 간판을 걸겠다고 기
대하고 계셔. 남들은 할머니를 구두쇠라고 하지만 나를 위
해서 그러시는 걸 생각하면 안타까워. 돈 받으러 가는 집 중
에는 도오리신마치(通新町)[79]나, 개중에는 아주 불쌍한 사람

---

78 다마치(田町): 아사쿠사 다마치(淺草田町)로 요시와라 동남쪽의 지명이다.

도 있으니까 틀림없이 할머니를 나쁘게 말할 거야. 그런 걸 생각하면 나는 눈물이 나. 역시 마음이 약한가 봐. 오늘 아침에도 상고네 집에 돈 받으러 가니까 녀석, 몸은 아픈 주제에 아버지한테 안 들키려고 일하고 있더라. 그것을 보니까 입을 열 수가 없었어. 남자가 운다는 건 이상하잖아. 그러니까 옆동네의 야만스러운 녀석들이 깔보는 거야"라고 말하다가 자기 약점이 부끄러운 듯한 얼굴이 된다. 하지만 무심코 미도리와 마주치는 눈매는 아주 귀엽다.

"네 축제 때 차림은 너무 잘 어울려 부럽더라. 나도 남자라면 그런 모습을 해 보고 싶어. 누구보다도 멋져 보였어"라고 미도리는 칭찬한다.

"별로야. 너야말로 예뻤어. 유곽 안에서 제일 고운 오마키(大卷)[80]보다도 더 예쁘다고 다들 그래. 네가 내 누이였다면 얼마나 자랑스러웠을까. 어디 가든 따라가서 뻐기고 다닐 텐데. 형제가 한 명도 없으니까 어쩔 수 없어. 미도리야, 이다음에 같이 가서 사진 찍지 않을래? 나는 축제 때의 모습으

---

79 도오리 신마치(通新町): 미노와(箕輪)와 센주대교(千住大橋) 사이에 있는 마을로, 빈민촌이었는데 전쟁 중에 소실되었다.

80 오마키(大卷): 미도리의 언니로 지금 곽내에서 가장 아름다운 미인이며 잘 나가는 유녀이다.

로, 너는 스키야(透綾)[81]의 굵은 줄무늬 옷차림으로 멋지게
꾸미고서 스이도지리(水道尻)[82]의 가토(加藤) 사진관[83]에서 찍
자. 용화사의 노부 녀석이 부러워하게. 정말이야. 녀석은 틀
림없이 화낼 거야. 파랗게 질려서 화낼 거야. 그렇지만 내색
을 안 하니까 빨개지거나 하진 않겠지. 아니면 웃을지도 몰
라. 웃어도 상관없어. 크게 찍어 간판에 내걸면 좋을 텐데.
넌 싫어? 싫은 듯한 얼굴인데"라며 원망하는 듯 미도리의
안색을 살피는 것도 우습다.

"이상한 얼굴로 찍히면 네가 싫어할 테니까"라며 미도리
는 웃음을 터뜨린다.

높고 아름다운 미도리의 웃음소리를 들으니 쇼타로는 기
분이 나아지는 듯했다.

어느덧 시원한 아침은 지나 햇볕이 뜨거워졌다.

"쇼타야, 밤에 또 우리 집에도 놀러 와. 냇물에 등불이라도

---

81 스키야(透綾): 엷은 비단 옷감으로 된 일본옷인데, 한여름에만 잠시 입는
   것으로 고급품이며 보기에도 시원해 보이지만, 속이 비치기 때문에 내복
   을 입어서 본인은 더 더웠다. 특히 굵은 줄무늬는 멋쟁이들이 좋아했으
   며, 메이지 시대의 여성들이 즐겨 입었다.
82 스이도지리(水道尻): 에도시대에 물을 모아 두었다가 끌어다 쓴 장소로,
   곽내 상수도의 종점 부근의 지명이다.
83 가토(加藤) 사진관 : 실제로 있었던 사진관이다.

떠내려 보내면서 물고기 잡자. 연못 다리가 고쳐졌으니 무서울 거 없어."

미도리는 그렇게 말을 던지고 일어나서 걸어간다. 쇼타로는 그 모습을 기쁜 듯이 바라보며 참 아름답다고 생각했다.

7

신뇨와 미도리

용화사의 신뇨. 다이코쿠야의 미도리. 둘 다 다니는 학교
는 육영사(育英社)이다. 지난 4월 말쯤 벚꽃이 지고 파란 잎
사이로 등꽃이 보일 무렵, 춘계 대운동회를 미즈노야(水の谷)
의 들판[84]에서 한 적이 있었는데 줄다리기, 공 던지기, 줄넘
기 등을 하며 흥이 나서 긴 해가 지는 것도 잊고 놀고 있었
다. 그러다 신뇨가 어쩐 일인지 평소의 침착함에 어울리지
않게 연못가의 소나무 뿌리에 걸려서 넘어졌다. 진흙 길에
손을 짚어 겉옷 자락도 흙투성이가 되자, 마침 거기 있던 미

---

84 미즈노야(水の谷)의 들판: 가나스기 가미초(金杉上町)에서 류센지초(龍泉寺
町)에 걸친 2만 평 정도의 들판으로, 아이들의 놀이터였다.

도리가 자기의 빨간 비단 손수건을 꺼내주었다.

"이걸로 닦아."

미도리가 신뇨를 챙겨주는 모습을 본 아이들이 질투심을 섞어서 떠들어댄다.

"후지모토는 중인 주제에 여자애랑 말을 하고 기쁜 듯이 인사를 하다니 이상하네. 아마 미도리는 후지모토의 마누라가 될 거야. 절집 마누라는 다이코쿠님(大黑樣)[85]이라고 하는데, 마침 잘됐네."

신뇨는 원래가 남들 일도 이런 식으로 말하는 것을 싫어했던 만큼, 자기 일이라고 참을 수 있을 리가 없었다. 그 후로는 미도리라는 이름을 들을 때마다 겁이 나서 '또 그 말을 하는 건가' 하고 가슴속이 철렁하여 뭐라 말할 수 없는 기분이 되고 마는 것이었다. 그렇다고 그때마다 화를 낼 수도 없는 일이고 보니, 될 수 있는 한 모른 체하고 아무렇지도 않은 듯 엄한 표정으로 때우고 지낼 생각이었지만, 미도리가 마주 보고 무언가 물어볼 때의 당혹감은 만만치 않다. 대개는

---

[85] 다이코쿠님(大黑樣) : 승려의 부인을 뒤에서 하는 말인데, 원래 인도의 마하카라(大黑)가 절에서는 경제 주방의 수호신이라고 불리다가 승려의 부인을 말하게 되었다. 여기에서는 승려의 부인을 가리키는 다이코쿠님과 다이코쿠야의 미도리를 빗대어서 아이들이 놀리고 있다.

'모른다'는 한 마디로 끝내버리지만, 진땀이 나고 초조한 심정이 되고 마는 것은 어쩔 수가 없다. 그런 것을 전혀 모르는 미도리는 처음에는 '후지모토야, 후지모토야' 하며 친근하게 말을 걸어오곤 했다.

그러던 어느 날, 학교가 끝나고 돌아갈 때 한발 먼저 출발한 미도리는 길가에서 보기 드문 희한한 꽃을 발견하고는 한 패 중에선 나이가 가장 많은 신뇨를 기다렸다가 부탁했다.

"이렇게 예쁜 꽃이 피어 있는데 가지가 높아서 난 딸 수가 없어. 노부는 키가 크니까 손이 닿겠지? 좀 꺾어 줘."

과연 신뇨도 소맷자락을 뿌리치고 가버릴 수도 없고, 또 한편으론 남의 수군거림도 괴로워서, 가까운 가지를 당겨 좋고 나쁜 것 가리지 않고 조금만 꺾어서 던지듯 하고 부리나케 가버렸다. 그렇지 않아도 붙임성 없는 사람이라고 실망스러워하던 미도리는 몇 번이고 그런 태도를 취하는 신뇨가 일부러 심술을 부리는 것 같기도 하고, 남에게는 그러지 않는데 자신만 괴롭히는 것처럼도 생각되었다. 뭔가 물어도 제대로 대답 한 번 한 적이 없고, 옆에 가면 도망가고, 말을 걸면 화내고, 음침하여 숨이 막히는 것이 어쩌면 좋을지, 기분을 맞출 수가 없다. 저런 까다로운 사람은 실컷 삐져서, 화낼 만큼 화내고, 심술도 부릴 만큼 부리고 싶은 모양이다. 친구로 생각하지 않는다면 말도 할 필요가 없는 일이다. 미도리는 이렇게 비위가 거슬린 이후로, 볼일이 없으면 지나쳐도 말을 한 적이 없고, 도중에 마주치더라도 인사조차 하지 않았다. 그러다 그저 어느 사이엔가 두 사람 사이에는 큰 강이 한 줄기 가로놓여져, 배도 뗏목도 여기서는 아무런 소용이 없고, 강가를 따라서 각기 제 생각대로 길을 걸었다.

축제가 끝난 다음 날부터 미도리가 학교에 다니는 것을 그만둔 것은, 말할 필요도 없이 씻어도 씻을 수 없는, 이마에 묻은 흙을 치욕스럽게 여기고 뼈저리게 억울해했기 때문이다.

'앞동네도 옆동네도 같은 배움터에 서면 동창임에는 다름이 없을 텐데, 평상시에 이상한 차별을 고집스럽게 따지다가, 내가 여자라는 전혀 상관도 없는 약점을 노려 마쓰리날밤에 내게 한 짓은 그 무엇에도 비할 수 없는 비겁한 짓이다. 고집통인 조키치는 누구나가 다 아는 더없이 난폭한 아이지만 신뇨가 밀어주지 않았다면 저렇게 대담하게 우리 앞동네를 휩쓸지는 못했을 것이다. 남 앞에서는 박식하고 온순한 척하다가 뒤에서 실을 당긴 것은 후지모토가 분명하다. 좋다. 학년이 위든, 공부를 잘하든, 용화사의 젊은 주인이든. 다이코쿠야의 미도리가 신뇨에게 종이 한 장의 신세도 진

적이 없는데 그런 대접을 받아야 하다니. 거지라고 불릴 빚은 더더욱 진 적이 없는데 말이다. 용화사는 어떤 훌륭한 배경이 있는지 모르나 우리 언니 3년 동안의 단골에는 은행의 가와(川)씨, 증권가인 요네(米)씨가 있고, 키 작은 어떤 의원은 언니를 부인으로 맞이하겠다고 한 적도 있다. 물론 언니가 그의 마음가짐이 마음에 안 들어서 싫다고 가진 않았지만, 그분도 세상에선 고명한 분이라고 유녀를 돌봐주는 할머니가 그랬다. 거짓말 같으면 물어봐라. 다이코쿠야에 오마키가 없다면 그 집은 별 볼 일 없다고 모두가 그런다. 그러니까 주인아저씨도 아버지, 어머니, 내 몸까지도 귀찮아하지 않고 항상 아끼시는 거지. 내가 언젠가 집안에서 장식장에 놓아둔 도자기인 다이코쿠님[86]을 가지고 공놀이를 한답시고 법석을 떨다가, 나란히 놓여 있던 꽃병을 쓰러뜨려 산산조각으로 깨뜨렸을 때도 주인아저씨는 옆방에서 술을 드시면서 '미도리, 장난이 심하구나'하고 말씀하실 뿐 꾸중은 없었다. 다른 사람이라면 꾸지람이 이만저만이 아니었을 거라고 하녀들이 두고두고 부러워한 것도 분명 언니의 후광임

---

86 도자기인 다이코쿠님: 대흑천(大黑天: 다이코쿠텐)은 재물과 복, 덕의 신이기 때문에 도자기로 된 대흑천 신을 장사가 번창하길 비는 마음으로 장식해 놓고 있는데, 다이코쿠야라고 하는 가게 이름에서의 연상도 있다.

이 틀림없다. 내가 숙소 생활을 하고 남의 집 봐 주기는 할지 언정 언니가 다이코쿠야의 오마키인데 조키치 같은 것에 뒤질 신분이 아니다. 용화사의 신뇨가 심술을 부린 것이 뜻밖이긴 하지만 말이다.'

그 후부터 미도리는 학교에 가는 일도 재미없고, 고집 센 본성이 무시당한 것이 억울해서 붓도 분질러버리고 먹도 버리고 책도 주산도 필요 없다 하고는, 사이좋은 친구와 마냥 놀기만 했다.

8
유곽의 아이 미도리

달려라 날아라 하며 신나게 찾아오는 초저녁과는 딴판으로 새벽녘의 이별에 꿈을 싣고 떠나가는 인력거의 모습은 허전하기 짝이 없다. 모자를 깊이 눌러 쓰고 남의 눈을 피하려는 사람도 있다. 수건으로 뺨을 가리고, 헤어질 때 그녀가 등을 친 그 아픔이 몸에 스며들어 생각할수록 기뻐서 싱글싱글 웃던 그 얼굴은 참으로 징그럽다. 사카모토(坂本)[87] 쪽으로 나가거든 조심하시오, 센주(千住)[88]에 다녀오는 청과물

---

[87] 사카모토(坂本): 류센지초 서쪽의 미시마신사 모퉁이를 왼쪽으로 돌면 사카모토 길이 나온다.

[88] 센주(千住): 아리카와(荒川)의 북쪽에 있는데, 거기에는 에도시대부터 청과물이나 생선 시장이 있어서 채소 장수 등이 아침 일찍 차를 몰고 가 물건을 사서 돌아오곤 했다.

차가 위험하니까. 미시마 신사의 모퉁이 길은 간밤에 만났던 애인과 헤어져 넋이 나간 이들로 붐빈다. 얼굴 표정도 모두 다 퍼지고 코밑도 길쭉하게 늘어져 있다. 그러니 '대단하다는 남자들이 한 푼의 가치도 없다'며, 길에 서서 뜻밖의 말을 하는 사람도 있는 것이다.

'양가(楊家)의 딸인 양귀비가 현종 황제의 총애를 받아서 89'라고 장한가(長恨歌)를 인용할 것까지도 없이 딸아이는 어디서든 소중히 여기는 때이지만, 이 근방의 다락방에서 가구야 공주(かぐや姫)90가 생겨나는 것은 아주 흔한 일이다.

지금은 쓰키지91의 어딘가로 사는 곳을 옮겼으나 귀족이나 고관을 상대로 춤을 잘 추던 유키(雪)라고 하는 여자도 빼어난 미인이었다. 그 여자도 지금은 벼를 가지고 '쌀이 나는 나무는?92' 하고 아주 천진난만한 척 말을 하며 살고 있지만,

89 양가(楊家)의 딸인 양귀비가 현종 황제의 총애를 받아서: 백낙천의 '장한가'에 의한 것인데, 당나라의 현종 황제가 양귀비를 잃은 슬픔을 노래했다.

90 가구야 공주(かぐや姫): 헤이안 시대 초기의 『다케토리 이야기(竹取物語)』의 여주인공을 빌려와서, 절세의 미인이면서 고귀한 남자가 몰려드는 것을 말한다.

91 쓰키지(築地): 교바시(京橋)에 있는 신바시(新橋) 게이샤(藝者)의 본거지였다.

92 쌀이 나는 나무는?: 규중처녀처럼 세상 돌아가는 것을 아무것도 모르는 척하면서, 일부러 이런 것을 질문으로 하기도 한다.

원래는 마키오비(卷帯)를 하던 한패[93]로서 부업으로 화투를 치던 여자였다. 그래도 평판은 차라리 그때가 좋았고, 이제는 만나 봤자 떠난 자는 하루하루 정이 떨어지는 것이 당연지사, 명물이 또 하나 모습을 감추었다.

그리고, 두 번째 꽃은 염색 집의 막내딸이다. 지금은 센조쿠마치(千束町)[94]의 신쓰타야(新つた屋)에서 내세우는 고키치라고 하는 아사쿠사 공원 뒤의 화류계 미녀도 같은 이 지역 출신이다. 밤낮으로 떠도는 소문에도 출세는 여자로 한정되어 있고, 남자는 쓰레기 더미나 뒤지는 검은 반점의 개 꼬리처럼 있어봤자 쓸데없는 존재로 여긴다.

이 근처에서 젊은 층이라고 하는 큰길가 집의 아들들은 한창 건방진 나이인 열일곱 여덟부터 다섯 명, 일곱 명씩 모여서 온갖 멋을 부리곤 하는데, 허리에 퉁소까지는 안 찼어도 위엄있는 이름의 우두머리 밑에 붙어서, 같이 맞춘 수건에 긴 등불[95]을 들었다. 또 주사위 던지기를 배워 도박판에

<hr />

93 마키오비(卷帯)를 하던 한패 : 폭넓은 허리띠를 한 불량소녀들의 집단이다.

94 센조쿠 마치(千束町) : 아사쿠사(淺草) 의 게이샤가 사는 동네로, 요시와라(吉原)와 아사쿠사 공원의 중간 위치에 있다.

95 긴 등불 : 소방수 등이 들고 있던 가늘고 긴 원통 모양의 등불로, 검은색 손잡이가 달려 있다.

드나들기 전까지는, 그냥 격자문 사이로 보이는 유녀를 상대로라도 마음껏 농담조차 할 수 없다고 한다. 열심히 일하는 자기 집의 가업은 낮에만 하고, 목욕하고 저녁이 되면 게타를 발끝에 걸쳐 신고, 꼭 죄는 기모노를 입고, 어떤 가게에 새로 들어온 유녀를 봤느냐, 가나스기(金杉)[96]에 있는 실 가게 딸을 닮아 코는 납작하다는 등 머릿속을 이런 것으로 채우고, 한 집 한 집 격자 문의 문살 사이로 담뱃대를 빼앗아 피우기도 하고, 휴지를 빌리기도 하고, 장난으로 유녀를 치기도 하고 유녀에게 맞기도 하면서 치고받고 사는 것을 일생의 명예로 알고 있으니, 뼈대 있는 집안을 상속할 아들이 토박이라는 이름 아래, 정문 주변에서 싸움을 떠맡고 나서는 한심한 일도 있다.

여자들 세력이 결코 우습지 않다는 것을 보여주기라도 하려는 듯, 이 오번지의 마을은 봄가을을 가리지 않고 번화하다. 손님을 맞이하는 등불은 지금은 유행하지 않지만, 손님을 안내하는 아가씨의 셋타 신발 소리에 울려 퍼지는 가무음악은 요란하기 그지없다. 한껏 들떠서 흘러들어오는 사람들에게 무엇을 원하느냐고 물어보면, '빨간 깃 단 옷을 걸치

---

96 가나스기(金杉): 이곳 류센지초(龍泉寺町)의 이웃 동네이다.

고, 머리는 크게 올리고, 겉옷을 길게 늘어뜨리고는 싱긋 웃
는 입가며 눈가며 어디가 좋다고도 꼬집어 말하기도 어렵지
만, 그 오이랑슈(華魁衆)[97]를 원한다'고 한다. 이러한 칭송도
이곳에서나 통할 뿐, 이곳에서의 존경은 여기를 떠나면 아
무도 이해할 수가 없다.

　이런 속에서 밤낮을 보내면 흰옷이 빨갛게 물드는 것도
무리는 아니다. 미도리 눈에는 남자란 것이 전혀 무섭지
도 겁나지도 않고, 유녀라는 것을 그리 비천한 직업이라고
도 생각지 않으니, 지난날 고향을 떠났을 당시 울면서 언니
를 배웅한 것도 마치 꿈처럼만 여겨지고, 언니가 오늘날 요
즈음의 호황으로 부모에게 효도하는 것이 부럽기만 한 나
머지, 유녀 중에서도 돈을 제일 잘 버는 언니 몸의 여러 가
지 고민과 괴로움을 알지 못한다. 그러니 미도리도 기다리
는 사람을 오게 한다는 미신 섞인 쥐의 울음소리를 흉내 내
기도 하고 장지문을 두드리며 주문을 외기도 한다. 또 헤어
질 때 등을 치는 힘주기의 비법까지 그저 재미있게 들리기
만 하고, 유곽에서만 쓰이는 말을 동네에서 퍼뜨릴 만큼 마

---

97 * 오이랑슈(華魁衆): 오이랑은 지위가 높은 유녀를 두고 하는 말로, 보통
방을 가지고 있는 유녀를 말하는데, 오이랑슈라고 하면 일반적으로 유녀
를 통칭하는 말이 된다.

냥 부끄러움도 모르는 듯 생각된다. 그런 미도리가 얼마나 불쌍한가.

나이는 이제 셈으로 열넷. 인형을 끌어안고 뺨 비비는 마음은 화족의 따님이라도 큰 차이는 없겠지만 예절 교육이나 가정학 과정 등을 배운 것은 학교에서뿐이고 정말로 밤낮 귀에 들어오는 것은 '좋아하네, 안 좋아하네' 하는 손님들 이야기뿐이다. 옷차림이며, 손님이 주는 선물, 인사치레 등등, 화려한 것은 멋있고 그렇지 않으면 형편없는 것으로 여기니 자기 일이든 남의 일이든 분별하기엔 아직 어려움이 많다. 어린 마음에 눈앞의 화려함만이 눈에 들어오고, 타고난 지기 싫어하는 성격 때문에 제멋대로 돌아다니며 뜬구름 같은 공상만을 만들어 가기도 한다.

미친 길. 잠에서 덜 깬 손님이 지나가는 길. 유곽에서 아침에 귀가하는 손님이 한차례 지나가고 나면, 늦잠 자던 마을의 문밖에서도 빗질 자국은 세이카이하(青海波)[98] 춤 옷의 비늘 무늬를 그리고 물 뿌리기도 적당히 끝날 무렵, 앞동네에는 찾아오는 사람도 많다. 빈민굴인 만넨초, 야마부시초(山伏

---

98 세이카이하(青海波): 무악(舞樂)의 하나인데, 밑에 받쳐입는 옷의 무늬가 비늘 모양이다.

町), 신타니마치(新谷町) 일대를 잠자리로 하는 가난한 이들, 그중에는 재능 하나, 기예 하나를 갖춘 예능인들도 있다. 노래 부르는 사탕 장수, 곡예인, 인형 놀리는 사람, 요술 부리기, 큰 우산을 든 사람을 중심으로 추는 스미요시(住吉) 춤에 사자춤 등, 제각각의 분장을 하고, 오글이 비단이나 얇은 비단으로 멋을 낸 사람도 있는가 하면, 사쓰마(薩摩)[99] 특산의 고급 면으로 된 기모노를 깨끗하게 빨아 입고 폭 좁은 검정 비단 오비를 맨, 멋진 여자도 있고 남자도 있다. 다섯, 일곱, 열 명씩의 무리가 있는가 하면, 여읜 할아버지가 혼자서 외로이 망가진 샤미센을 껴안고 지나가기도 한다. 대여섯 살쯤 되는 여자아이에게 빨간 어깨띠를 매주고 노래에 맞춰 춤을 추게 하는 모습도 보인다. 단골로 찾아오는 이들은 유곽에 계속 머무르는 손님의 위안이 되며, 유녀의 심심풀이 화풀이 대상이 되기도 한다. 유곽에는 평생 더 바랄 수 없을 만큼의 큰 이득이 있을 거라고 기대하고 오는 탓인지, 오는 사람마다 이 근방의 자질구레한 적선 따위는 염두에 두지도 않고, 옷이 해초처럼 다 헤어진 보기 흉한 거지조차 문 앞에

---

99 사쓰마(薩摩): 지금의 가고시마(鹿兒島)현의 일부로, 이곳의 특산물은 감색의 튼튼한 고급 면인데 몇 번이고 물속에 들어갔다 나온 것일수록 몸에 친숙해지기 쉬워서 애용되었다.

서 구걸도 하지 않고 유곽 쪽으로 가버린다. 예쁜 여자 노래꾼도 갓 속에 숨겨진 아름다운 뺨을 내보이면서 노래자랑, 샤미센 솜씨 자랑에 여념이 없다.

"아아, 그 소리를 이쪽 마을에서는 들려주지 않는 게 얄밉다니까."

문방구의 아주머니가 혀를 차며 말하자, 막 목욕을 하고 나온 미도리가 가게 앞에 걸터앉아 길거리를 쳐다보다가, 사르르 내려오는 앞머리를 장식용 빗핀으로 싹 빗어 올리고는,

"아줌마, 그럼 제가 저 여자 노래꾼 불러올게요" 하며 후닥닥 뛰어가 소맷자락에 매달리며 아무도 모르게 돈뭉치를 던져넣는다. 그러고는 자기가 좋아하는 아케가라스(明烏)[100] 노래를 멋지게 불러보게 한다. 다 듣고는 애교스러운 목소리로,

"또 와주세요" 한다. 이것도 아무나 쉽게 따라 할 수 있는 게 아니다. '저게 아이가 할 짓인가?' 하며 모여든 사람들이 혀들 내두르고는, 여자 노래꾼보다도 미도리의 얼굴을 바라

---

100 아케가라스(明烏): 조루리(淨瑠璃: 곡조를 붙이지 않는 말투로 하는 이야기)의 유파 중, 쓰루가 신나이(鶴賀新內)가 시작한 신나이파에서 부르는 3대 명곡의 하나인데, 슬픈 내용이 많아 동반자살을 하는 경우가 있어서 유곽 내에서는 금지된 적도 있었다.

본다.

"보란 듯이 지나가는 예능인들을 여기에 불러모아서 샤미센 소리, 피리 소리, 북소리 속에 노래시키고 춤추게 해서, 남들이 안 하는 것을 한 번쯤 해보고 싶기도 해."

미도리가 때마침 그곳에 있던 쇼타로에게 귓속말로 말하자, 쇼타로는 놀라고 기가 막혀서

"나는 싫어"라고 말한다.

9
용화사 아들 신뇨

'여시아문, 불설 아미타경.' 경 읽는 소리는 소나무 바람 소리에 섞여서 마음의 번뇌도 날아가 버릴 듯한 절의 모습이다. 그 부엌에서 생선 굽는 연기가 나고 묘지에는 아기 기저귀가 널려있는 등, 종파에 따라선 상관없는 일이지만, 법사를 인간미도 없는 뻣뻣한 나뭇가지로 알고 있는 사람의 눈으로 보면 공연히 비린내라도 나는 듯이 볼 게 틀림없다. 용화사 큰스님의 재산과 함께 불어난 배는 과연 멋지고 혈색도 좋으니 어떠한 칭찬을 늘어놓으면 좋을까. 벚꽃색도 아니고 복숭아꽃 색도 아닌 밀어 올린 머리에서 얼굴과 목에 이르기까지는 빛나는 구릿빛에 한 점의 티도 없다. 백발도 섞인 굵은 눈썹을 쳐올리고 마음껏 웃어댈 때는 본당의 여래님이 놀라 당상에서 굴러떨어지지나 않을까 염려된다.

용화사 큰스님의 부인은 이제야 마흔 살을 갓 넘긴 사람으로, 흰 피부에 머리숱이 적은 편이지만 머리 모양을 작게 올려서 품위가 있고 보기 흉하지 않은 인물이다. 참배 오는 사람들에게 상냥하게 대하고, 문전 꽃가게의 입이 거친 아주머니도 아무런 뒷말을 안 하는 것을 보니 입던 유카타나 남은 반찬 같은 걸 나누어주는 등의 적선도 하고 있는가 보다. 원래는 단가(檀家)[101]의 한 명이었는데 젊어서 남편을 잃고 의지할 곳이 없자, 잠시 이곳에 바느질장이로 머물게 되었다고 한다. 먹여만 주신다면 하면서 빨래를 시작으로 밥 짓기는 물론 묘지 청소에 이르기까지 남자 일을 도울 정도로 일을 하니, 경제적으로 따져봐도 좋다는 생각이 들어서 스님이 부인으로 삼은 모양이다. 나이는 스무 살 이상 차이가 나서 보기 흉한 것은 말할 것도 없지만, 갈 데 없는 몸이고 보니 결국 절이라면 죽기에 좋은 곳이라는 생각이 들어서 남의 눈도 부끄러워하지 않게 되었다. 보기에는 민망해도 여자의 마음가짐이 나쁘지 않으니 단가 사람들도 그다지

---

101 ** 단가(檀家): 일정한 절에 묘지를 갖고 시주함으로써 그 절을 원조하는 집을 말한다.

비난하지 않고, 여자가 마침내 후계자를 잉태했을 무렵, 중매인이라고 하기에는 이상하지만 단가 중에서도 남을 잘 도와주기로 유명한 사카모토(坂本) 기름가게의 할아버지가 적극적으로 권유하여 정식 부부가 되었다.

신뇨도 이 부인에게서 태어난 남매 중 하나이다. 신뇨는 아주 별나서 온종일 방안에서 꼼짝 않고 틀어박혀 있는 음울한 성격이지만, 누나인 오하나(お花)는 피부도 곱고 턱도 예쁘다 보니 미인이랄 수는 없으나 한창인 나이에 주위의 평판도 좋아 평범하게 놔두기엔 아까운 축에 든다. 그렇다고 스님 딸이 게이샤(芸者)가 되고 부처가 샤미센을 친다는 소리는 들어 본 적이 없으니, 남이 뭐라고 할지도 마음에 걸려서, 그저 다마치(田町)상가에 깨끗한 찻집을 설비하여 계산대에 이 딸을 앉혀 놓고 애교를 팔게 했다. 그러자 돈 아까운 줄 모르는 젊은이들이 그럭저럭 모여들어서, 매상이야 어떻든 대개 매일밤 12시가 될 때까지 손님이 끊긴 적이 없다.

바쁜 것은 큰스님이다. 빌려준 돈 회수하랴, 가게 둘러보랴, 제사의 이것저것, 한 달에 며칠은 설법하는 날도 정해져 있고, 장부 넘기랴 경 읽으랴. 이래서는 몸을 지탱하기가 어렵다고 저녁 무렵 툇마루에 돗자리를 깔고는 반쯤 벗고 부채질하며 큰 술잔에 소주를 잔뜩 따른다. 그리고 안주는 좋아하는 장어구이로, 앞동네의 무사시야(武藏屋)[102]에 큰놈으로 주문하는데, 그것을 가져오는 심부름은 주로 신뇨의 역할이다.

하지만 신뇨는 그런 심부름을 몹시 싫어해서 거리를 걸을 때도 고개를 들지 못한다. 길 건너 문방구에서 아이를 데리고 나오는 아낙네들의 소리가 들리기만 해도, 자기 욕을 하는 것 같아 속상하다. 그래도 태연한 척 사람들이 없는 틈을 타서 장어구이 집 문안으로 뛰어들어갈 때의 심정이란. 그래서 자신만은 결코 비린내 나는 것을 먹지 않겠다고 다짐했다.

아버지 스님은 세상 물정에 대단히 밝은 사람으로, 조금 욕심이 많기로 평판이 나 있긴 하지만 그런 소문을 신경 쓸 만큼 소심한 사람이 아니고 오히려 짬이 나는 대로 구마데의 갈퀴를 만드는 부업도 해 보겠다고 나서는 성미이다. 그렇다 보니 11월 닭날의 축제 때에는 두말할 것도 없이, 문 앞 빈터에 머리핀 가게를 열고 부인에게 수건을 씌워서 '행운의 핀입니다' 하며 손님을 부르게 하는 못 말릴 취향. 부인도 처음엔 부끄럽게 생각되기도 했지만, 풋내기 솜씨로도 누구

---

102 ＊＊무사시야(武藏屋): 장어구이 가게의 이름이다.

나가 막대한 이익을 남긴다는 얘기를 들으니 안 할 수도 없고, 또 이런 어지러운 세태 속에서는 아무도 상상 못 할 일이고 보니 해 질 무렵부터는 눈에 띄지도 않을 거라는 생각이 들어서, 낮에는 꽃집 아주머니가 와서 거들게 하고 밤이 되면 스스로 내려가서 손님을 불러대기도 한다. 아아, 이게 욕심이란 것이다. 어느샌가 부끄럽던 마음도 사라지고 본인도 모르는 사이에 생각지도 않은 높은 목소리로 '깎아 줄게요, 깎아 줄게요' 하며 손님 뒤를 쫓아가게 되었다.

인파에 휩쓸려 사 가는 사람도 눈이 먼 때이고 보니, 극락왕생을 빌기 위해 엊그제 왔었던 절이란 것도 잊어버리고, '머리핀 세 개에 75전'이라고 비싸게 말하면, '다섯 개 붙은 것이 3전이라면 사지' 하고 공연히 깎으면서 지나가는 사람도 있다. 세상에 엄청나게 돈 버는 일은 이 밖에도 얼마든지 있다.

신뇨는 이와 같은 일이 너무나도 괴롭다. 다행히 단가의 귀에는 들어가지 않는다 해도, 주변 사람들의 평판이나 아이들의 소문에서 '용화사에서는 빗가게를 내어 노부군의 엄마가 미친 듯이 팔고 있더라'라는 얘기라도 들려올까 봐 부끄러워서 '그런 건 그만두는 게 좋겠어요'라며 말린 적도 있었지만, 큰스님은 크게 웃어젖히고는 '입 다물고 있어. 입

다물고 있어. 네가 뭘 안다고 그래'라며 전혀 상대하지 않는다. 아침엔 염불, 저녁엔 돈 계산으로 주판을 손에 들고 싱글벙글 웃으시는 얼굴은 내 부모이지만 한심하여, '그 머리는 왜 깎으셨어요?' 하고 원망스럽게 생각하기도 했다.

근본이 얌전한 데다 원래가 한 아버지 한 어머니 속에서 다른 핏줄 섞이는 일 없이 살아온 평온한 가정이기 때문에 음울해질 이유는 없지만, 자신이 하는 말이 먹혀들지 않으니 어쨌든 재미가 없고, 아버지의 소행도 어머니의 처사도 누나의 교육도 모두 잘못된 것처럼 생각되는데, 말한다고 해서 들어줄 리도 없다고 단념하니 신뇨는 서글프기도 하고 한심하기도 했다. 이런 자신을 친구들은 비뚤어진 심술쟁이라고 보는 것 같지만 자연히 가라앉는 마음은 약해지기만 한다. 욕을 조금이라도 하는 자가 있어도 나가서 따지고 싸울 용기도 없이, 방에 처박혀서 남의 얼굴 볼 용기도 없는 겁쟁이 같은 몸이다. 그러나 학교에서는 공부도 잘하고 신분이 비천하지 않기 때문에 겁쟁이라고는 생각하는 사람도 없고, 오히려 '용화사의 후지모토는 잘 빚은 떡처럼 진득한 데가 있어서 결코 무시하지 못할 녀석'이라고 시기하는 사람까지도 있었다.

10

결전의 뒤, 그리고

신뇨는 마쓰리 날 밤엔 다마치에 있는 누나에게 심부름을 가서 밤늦게까지 집에 돌아오지 않았기 때문에, 문방구에서 일어난 소동은 꿈에도 몰랐다. 다음 날이 되어서 우시마쓰, 분지, 그 밖의 사람들 입을 통해서 이러이러했다고 전해지자, 새삼 조키치의 난폭함에 놀랐지만 지난 일을 탓해봤자 소용없는 일이고, 그보다는 자기 이름을 판 것이 두고두고 마음에 걸려서 자기가 한 짓이 아니라고는 해도 다 자기 탓인 것처럼 생각되었다.

조키치도 조금은 자기 잘못이 부끄러운지 또는 신뇨를 만나면 잔소리라도 들을까 봐서인지, 삼사일 동안은 모습도 보이지 않다가 좀 누그러졌을 때쯤 해서야 나타났다.

"노부야, 넌 화가 날지 모르지만, 그냥 그렇게 돼버린 거니까 용서해 줘. 아무도 쇼타가 그 자리에 없었으리라고는 생각지 못했잖아. 나도 계집애 하나를 상대로 상고로를 두들기고 싶지는 않았는데 초롱을 던진 이상 그대로 돌아갈 수는 없었거든. 마쓰리 기분을 냈답시고 쓸데없는 짓을 했어. 다 내가 나빠. 물론 네 말을 듣지 않았던 건 나쁘겠지만 지금 너한테 혼나면 내 꼴이 우스워지잖아. 너라고 하는 배경이 있으니까 내 마음이 든든한데, 날 버리면 어떡하니? 싫더라도 우리 편 대장으로 있어 줘. 그리 바보 같은 짓은 하지 않을 테니."

조키치는 면목 없는 듯이 빌기만 한다. 그렇다 보니 신뇨도 싫다고는 말할 수 없는 모양이다.

"할 수 없지 뭐. 하는 데까지 해보자. 하지만 약한 자를 괴롭히는 건 이쪽의 수치니까 상고로나 미도리를 상대로 해도 소용없어. 쇼타가 먼저 싸움을 걸어 온다면 어쩔 수 없지만, 절대 우리가 먼저 손을 대서는 안 돼."

신뇨는 냉정한 목소리로 당부한다. 그다지 조키치를 혼내진 않았지만 신뇨는 두 번 다시 싸움이 일어나지 않기를 빌었다.

딱한 아이는 옆동네의 상고로다. 실컷 얻어맞고 채여서 이

삼일 동안은 서서 움직이기조차 괴로웠다. 저녁마다 아버지가 빌린 인력거[103]를 50칸의 찻집까지 운반할 때도 '상고로는 웬일인지 아주 힘들어하는 것 같아'라며 아는 요리집 사람이 신경을 써줄 정도였는데, 아버지는 인사의 철칙이라며 윗사람에게 머리를 든 적이 없다. 유곽 주인은 말할 나위도 없이 집주인 땅 주인 그 누구의 무리한 부탁이라도 당연하다며 받아들이는 기질이고 보니 '조키치와 싸워서 이런저런 폭행을 당했습니다'라고 호소한다고 해도 '그것은 어쩔 도리가 없다. 집주인 아들이 아니냐. 이쪽이 이치에 맞건 저쪽이 나쁘건 싸움 상대가 될 수 없다. 빌고 와, 빌고 와. 터무니없는 녀석 같으니'라며 상고로를 혼내고는 조키치에게 빌러 보낼 게 뻔한 것이다. 그러니 상고로는 칠일, 십일 정도를 억울함을 꾹 참으며 지낼 수밖에 없었다. 그러다가 아픈 데가 나으면서 그 원망스러움도 어느 사이엔가 잊어버리고, 그 집 아기를 봐 주고는 2전의 용돈을 얻어서 기뻐하며 '잘 자라 잘 자라' 하고 업고 다니기까지 한다. 그 천진한 모습이라니. 나이는 한창 건방질 열여섯이나 되면서 그 큰 덩치로

---

103 아버지가 빌린 인력거: 아버지가 끄는 인력거는 빌려 쓰는 것이어서 상고로가 빌려서 운반해 놓는다.

부끄럽지도 않은 듯 앞동네에도 태연하게 드나드니, 언제나 미도리와 쇼타로로부터 '너는 성질도 없니?' 하고 놀림을 당하지만 아무도 상고로를 미워하지 않는다.

봄에는 밤 벚꽃 마쓰리가 벚꽃이 흐드러질 무렵부터 시작되어, 어느새 여름의 죽은 다마기쿠(玉菊)를 공양하는 등불[104]을 떠내려 보내는 마쓰리에 이어 가을의 신니와가 마쓰리 때가 된다[105]. 이때는 십 분 동안 이 길에서만 일흔다섯대의 인력거가 뛴다고 하는데, 마쓰리 기간의 반도 어느샌가 지나서, 논에는 고추잠자리가 한창이고 논두렁에도 메추리 떼가 찾아올 때가 되었다. 아침저녁의 가을바람이 몸속으로 스며들고, 철물점에서는 모기향이 화로탄에게 자리를 비켜준다. 쌀과자 가게의 가루 찧는 절구 소리도 어쩐지 쓸쓸하게 들리고, 시계탑의 시계 소리도 공연히 슬픈 소리를 전하는 것처럼 들리게 되면, 사시사철 끊임없는 닛포리(日暮里) 화장터[106]의 불빛도 저것이 사람을 태우는 연기인가 하고 새

---

104 죽은 다마기쿠(玉菊)를 공양하는 등불: 다마키쿠는 1727년 3월, 25세의 나이로 죽었는데, 그해의 양력으로 추석날에 등불을 붙였더니 요시와라가 한층 더 번창하여 다음 해부터 행사로 치르게 되었다. 매년 등불에 더 많은 취향이 생겨나서 요시와라 명물의 하나가 되었다.

105 요시와라 삼대 행사이다.

106 닛포리(日暮里) 화장터: 미카와시마(三河島) 가까운 논 안에 있었다.

삼 서글퍼진다. 또 찻집 뒤의 둑 밑으로 난 가느다란 길에서는, 나카노초 게이샤(仲之町藝者)[107]의 뛰어난 샤미센 소리가 흐르는 듯이 들리는데, 그 소리에 맞추어 들리는 '너와의 다정한 잠자리에서[108]'라는 별것 아닌 노래의 가락마저도 슬픔을 더한다. 그래서인지 유녀였던 어느 여자는 '이 계절부터 이곳에 다니기 시작하는 사람은 들뜬 유곽 손님이 아니라 깊게 진심이 있는 손님'이라고 말하기도 했다.

요즈음 일어나는 일을 모두 쓰는 것은 귀찮기만 하다. 다이온지 앞에서 일어난 신기한 일로는, 스무 살쯤 되는 장님 안마사가 이루어질 수 없는 사랑으로 부자유스러운 몸을 원망하여 미즈노야(水の谷)의 연못에 몸을 던진 것이 가장 근래에 있었던 일이라고 전해지는 정도이다. 채소 가게의 기치고로(吉五郎)와 목수인 다키치(太吉)가 전혀 모습을 보이지 않는데 어쩐 일이냐고 물으니까 '이거 하다 붙잡혔죠'라며 우습게 화투도박 흉내를 낼 뿐, 별로 문제 삼는 이도 소문을 내는 이도 없다. 큰길을 바라보면 천진난만한 아이들이 서너

<hr />

107 나카노초 게이샤(仲之町藝者): 예능에 뛰어난, 격식도 높고 몸을 팔지 않고 예능을 판다는 기개를 가진 게이샤이다.
108 너와의 다정한 잠자리에서: 샤미센에 맞추어 부르는 짧은 속요(俗謠)의 첫 구절이다.

댓 명, 손을 잡고 '피었다 피었다 무슨 꽃이 피었냐' 하며 무심코 노는 것도 그냥 조용하고, 가끔 유곽에 다니는 인력거 소리만이 언제나 변함없이 요란하게 들린다.

가을비가 부슬부슬 내리는가 하면 '휙' 소리와 함께 몰려오는 듯한 쓸쓸한 밤. 지나가는 손님을 기다리지 않는 가게이고 보니, 문방구 아주머니는 저녁 무렵부터 바깥문을 닫는다. 가게 안에 모인 사람은 미도리와 쇼타로, 그 외에 어린아이들이 두세 명. 다 같이 기샤고 하지키[109]란 유치한 놀이를 하면서 놀았는데 미도리가 문득 귀를 쫑긋 세웠다.

"응? 누군가 뭘 사러 온 게 아닐까? 개울 다리를 밟는 소리가 나."라고 말하자,

"그래? 난 못 들었는데"라고 쇼타로가 말하면서, 친구라도 온 게 아닐까 기뻐하며 놀던 손을 멈춘다. 문가에 있던 아이들이 이 가게 앞까지 온 발자국 소리를 들었을 뿐, 그 뒤론 뚝 끊겨서 아무 소리도 들리지 않는다.

---

109 기샤고 하지키(細螺はじき): 기샤고는 비단고둥인데 그 껍데기를 흩어 놓고, 손가락으로 튀겨 맞추며 노는 놀이이다.

11
여자애와 남자애

쇼타로는 쪽문을 열고 '짠' 하면서 얼굴을 내밀었지만, 그 사람은 두세 채의 처마 밑을 지나 멀리 가버린 듯하다.

"누구야 누구, 어서 들어와."

미도리는 말하기가 무섭게 게타를 서둘러 신으며 내리는 비에도 아랑곳없이 뛰어나가려 한다.

"아, 그 녀석이다."

쇼타로가 한마디 하고는 돌아서서,

"미도리야, 불러 봤자 올 리 없어. 그놈이야."라며 자기 머리를 쓸어 보인다.

"노부말이구나" 하고 미도리가 말을 받는다.

"그 중놈 아주 싫다니까! 틀림없이 붓이나 뭔가 사러 왔다가 우리 소리가 들리니까 가버린 거야. 심술쟁이에 비뚤어진 데다가 애 늙은이에 말더듬이, 이 빠진 듯한 못난 녀석! 들어 왔더라면 실컷 골려 줬을 텐데, 돌아갔다니 아깝네! 어디 게타 좀 빌려줘 봐. 잠깐 보고 올게."

미도리가 쇼타로를 대신해서 얼굴을 내밀었을 때 처마의 빗줄기가 앞머리에 떨어졌다.

"앗 차거!" 하고 목을 움츠리고는, 너덧 채 앞의 등불 밑으로 검은 우산을 어깨에 걸치고 조금 수그린 듯한 모습으로 터벅터벅 걸어가는 신뇨의 뒷모습을 미도리는 물끄러미 물끄러미 바라보았다.

"미도리야 왜 그래?" 하고 쇼타로는 이상해하며 등을 친다.

"아무것도 아냐" 하고 미도리는 석연치 않게 대답하고는 위로 올라가서 공깃돌 대신 가지고 놀던 조개를 세면서,

"정말 맘에 안 드는 중놈이라니까! 나서서는 싸움도 못 하면서 얌전한 척만 하고 근성이 비뚤어진 거야! 얄밉잖아! 우리 엄마가 그러셨는데 괄괄한 사람은 마음씨가 좋대. 그러니까 소심한 노부 같은 애는 마음이 나쁜 게 틀림없어. 그지 쇼타야, 맞지?" 하면서 있는 것 없는 것 다해서 신뇨를 나쁘게 말한다.

"그래도 신뇨는 좀 말이 통하는 편이지. 조키치란 녀석은

도무지 상대할 수가 없는 녀석이야."라며 쇼타로는 다소 건방지게 어른 말투를 흉내 낸다.

"그만해 쇼타야. 애 주제에 너무 조숙한 것 같아서 이상해. 너 아주 웃겨."

미도리는 쇼타의 뺨을 가볍게 찌르고는,

"뭐야 그 심각한 얼굴은?" 하면서 또 웃어댄다.

"나도 좀 더 지나면 어른이 될 거야. 가바타야(蒲田屋)의 주인아저씨처럼 멋진 외투 같은 걸 입고, 할머니가 간직하고 계신 금시계를 달래서 차고, 반지도 끼고, 종이에 말린 담배를 피우고, 신는 건 뭐가 좋을까? 나는 게타보다 셋타가 더 좋으니까 세 장씩 안을 대고 슈친(繻珍)[110]으로 끈을 단 고급 셋타를 신을 거야. 어울릴까?"

쇼타가 말하니 미도리는 다시 킥킥 웃으며 비웃는다.

"키 작은 사람이 멋진 외투에 셋타라니 얼마나 우스울까? 안약 병[111]이 걷는 것 같을 거야."

"바보 같은 소리 마. 그때까진 나도 클 테니까 이렇게 작진

---

110 슈친(繻珍): 두텁고 윤이 나는 비단 옷감에 색실로 무늬를 두드러지게 한 옷감이다.

111 안약 병: 시판되던 당시의 안약 병들의 모습은 대개가 높이가 낮고, 어깨 쪽이 네모났다.

않을 거야."

쇼타로도 지지 않고 으스댄다.

"하지만 그게 언제 그렇게 될지 알 수도 없지. 천장의 쥐나 쳐다봐.¹¹²"

미도리가 천장을 손가락질하자 문방구 아주머니를 비롯해서 거기 있는 모두가 웃어댔다.

쇼타로는 혼자서 정색을 하고 그 둥근 눈알을 둥글둥글 굴리며 목소리에 힘을 주어 말한다.

"미도리는 농담인 줄 아는구나? 누구든 어른이 안 되는 사람은 없는데 내 말이 왜 이상할까? 예쁜 색시를 얻어서 데리고 걷게 될 텐데. 나는 뭐든 예쁜 게 좋으니까, 만일 센베이 (煎餅)¹¹³가게의 오후쿠(お福) 같은 곰보나 장작가게의 앞짱구 같은 애가 온다면 그 자리에서 쫓아내고 집에는 들여놓지 않을 거야. 나는 곰보와 습진 난 얼굴이 제일 싫어."

그러자 주인아주머니는 웃음을 터뜨리며 말한다.

"그래도 쇼야. 우리 가게엔 자주 와주네! 아줌마 얼굴의 곰보는 안 보이나 봐?"

---

112 천장의 쥐나 쳐다봐: 남을 골릴 때 쓰는 말이다.

113 ** 센베이(煎餅): 쌀로 만들어 구운 일본 전통 과자이다.

"그래도 아줌마는 늙었잖아. 내가 말하는 건 색시 말이지. 늙은이는 아무래도 좋아."라고 쇼타로는 말한다.

"난 다 틀렸네!" 하면서 문방구의 주인아주머니는 재미있다는 듯이 분위기를 돋운다.

"동네에서 얼굴이 예쁜 아이는 꽃가게의 오로쿠(ぉ六)에, 과일가게의 키이(喜ぃ). 그보다도 훨씬 예쁜 아이는 네 옆에 앉아있는데, 쇼타는 누구로 정해 놨니? 오로쿠의 눈동자일까 아니면 키이의 노랫가락일까? 어느 쪽이야?"

문방구 아주머니의 물음에 쇼타로는 얼굴을 붉힌다.

"뭐야, 오로쿠나 키이 같은 게 어디가 예뻐?"

쇼타로는 걸려있는 등불 밑을 좀 물러서서 벽 쪽으로 물러앉는다.

"그럼 미도리가 좋은 거지? 그렇게 정해 놨니?"

아주머니가 집어 맞추며 약을 올린다.

"그런 걸 어떻게 알아? 뭐야 그게!"

쇼타로는 그렇게 말하고 휙 돌아 벽지를 손가락으로 두드리며, 작은 소리로 노래를 시작한다.

"빙빙 돌아가 물레방아요."

미도리는 공깃돌을 잔뜩 모아,

"자아 다시 처음부터." 하면서 얼굴색 하나 변하지 않는다.

12
이상한 두근거림

그곳은 신뇨가 언제나 다마치에 갈 때 지나가는 길로, 사실은 굳이 지나지 않아도 상관은 없는, 말하자면 지름길인 제방이다. 그 앞 건물의 간단히 만들어져 있는 격자문[114] 사이로 안을 들여다보면 구라마(鞍馬)[115]에서 나오는 돌로 만든 등불과 싸리로 만든 울타리가 참해 보이고, 툇마루에 말아 올린 발에서는 지난여름에 대한 그리움[116]이 느껴진다.

~~~~~~~~~~

114 * 격자문(格子門: 고시문): 문살을 격자로 짠, 안이 들여다보이는 일본식의 대문이다.
115 구라마(鞍馬): 교토 북쪽 교외에 있는 지역인데, 이곳 구라마에서 나오는 섬록암 돌이 주로 정원석으로 쓰였다.
116 지난여름에 대한 그리움: 여름이 지나서 툇마루의 발을 말아 올린 것인데, 그 모습에서 지난여름이 생각나서 그립다는 뜻이다.

한가운데에 유리를 끼운 창호지 문 안에서는 현대풍 아제치(按察)의 미망인[117]이 염주를 세고, 단발머리 와카무라사키(若紫)[118]라도 튀어나올 것만 같은 그 건물이 다이코쿠야의 숙소이다.

어제도 오늘도 늦가을의 차가운 비가 내린다. 다마치에 사는 누나가 부탁한 긴 내복이 완성되어서, 조금이라도 빨리 입히고 싶은 부모 마음에 신뇨가 심부름을 하게 되었다.

"수고스럽겠지만 학교 가기 전에 잠깐 갔다 주지 않을래? 틀림없이 누나도 갔다 주기를 기다리고 있을 텐데."

얌전한 신뇨는 어머니의 심부름을 싫다고는 못하고, 그저 '네, 네' 하면서 보따리를 껴안고 회색 끈으로 되어있는 스님용 게타를 타닥거리며 우산을 쓰고 나왔다.

까만 도랑의 모퉁이를 돌아 언제나 지나다니는 좁은 길을 거슬러 가서 다이코쿠야 앞까지 왔을 때, 운 나쁘게도 갑자기 바람이 불기 시작했다. 바람은 점점 거세져서 검은 우산

---

117 아제치(按察)의 미망인: 아제치 다이나곤(大納言)의 미망인으로, 『겐지 이야기(源氏物語)』의 「와카무라사키(若紫)」권에 나오는 어린 무라사키(紫)의 외할머니이다. 이미 출가하였는데 교토의 기타야마(北山)에서 엄마가 없는 어린 무라사키와 함께 살고 있었다.

118 와카무라사키(若紫): 『겐지 이야기』의 여주인공인 무라사키의 어릴 때의 이름이다.

꼭대기를 붙잡아 하늘로 잡아 올릴 것만 같다. 이래선 안 되겠다고 발에 힘을 주고 버티는 순간, 생각지도 않았던 일이 벌어졌다. 게타 앞 끈이 줄 줄 풀어지는 것이다. 우산보다도 이쪽이 더 큰 일이다.

신뇨는 난감해 쩔쩔매면서도 이제 와 어찌할 방도가 없어 다이코쿠야의 문 앞에 우산을 세워두고, 처마 밑으로 비를 피하면서 게타 끈을 매만지는데, 평상시 이런 일을 해 본 적도 없는 스님에게 그것은 여간 어려운 일이 아니었다. 마음은 급하지만 아무리 해도 쉽게 매어지지 않아 안타깝기만 하다. 초조한 마음에 소맷자락에서 글짓기의 초고를 쓴 종이를 집어내어 쭉쭉 찢어 새끼를 꼬아 보기도 하는데 심술궂은 태풍이 또 불어와서 세워 놓은 우산이 데구루루 굴러간다. 슬슬 화가 나기 시작해서 '웬수 같은 놈' 하고는 잡으려고 손을 뻗쳤으나 오히려 무릎 위에 얹어 놓았던 보따리가 하필이면 땅바닥에 떨어져서 흙투성이가 되어버리고 내 옷자락까지도 더러워졌다.

보기에 딱하고 불쌍한 것은 비 오는데 우산이 없는 것이다. 또 가는 도중에 게타 끈마저 끊어지면 더욱 그렇다. 미도리는 창호지 문 속에서 유리 너머로 밖을 내다보다가, '어머 누군가 게타 끈이 끊겼나 봐. 어머니, 끈을 줘도 될까요?'라고 묻고는, 실 바구니에서 유젠(友仙) 비단의 색이 들어있는 헝겊 조각을 움켜쥐고 뜰의 징검돌을 따라서 서둘러 나왔다.

신뇨인 것을 알아차린 미도리의 얼굴은 빨개져서 무슨 큰 일이라도 난 것처럼 심장의 고동 소리가 빨라져서는 남이 보지 않을까 뒤를 돌아보고는 그래도 쭈뼛거리며 문 옆에 다다랐다. 신뇨도 휙 돌아보고는 빨개져서, 무언중에 겨드 랑이에 흘러내리는 식은땀. 맨발로라도 도망치고 싶은 심정 이다.

평상시의 미도리라면 신뇨의 난처한 모습을 손가락질하 며 '저 봐, 저 봐. 저 겁쟁이' 하면서 비웃어대고, 실컷 미운 말을 해댔을 것이다. '마쓰리날 밤에는 쇼타를 상대하겠다 며 우리가 노는 것을 방해하고, 잘못도 없는 상이를 때리게 한 거, 뒤에서 다 네가 시킨 거지? 자, 빌래 어쩔래? 어떻게 할 거야? 나를 "조로(女郞),[119] 조로" 하고 조키치 같은 녀석에 게 부르게 한 것도 다 네가 시킨 거지? 조로면 어때. 눈곱만 큼도 네 신세는 안 져. 나한테는 아버지도 있고 어머니도 있 고 다이코쿠야의 주인도 언니도 있어. 너 같은 땡중에게는 무슨 일이 있어도 절대로 신세는 안 질 테니, 주제넘게 조로

---

[119] 조로(女郞): 여자를 욕하는 말이다.

라고 부르지 말라구. 할 말이 있으면 뒤에서 쑥덕거리지 말고 여기에 나와서 말해 봐. 언제라도 상대해 줄 테니까. 자, 어떻게 할래?' 하면서 소맷자락을 걷어 올려 따지고 들었을 것이다. 그래 봤자 절대 상대를 할 리가 없겠지만 말이다. 아무런 말도 못 하고 창살 문 옆에 살짝 숨어서, 그렇다고 가버리는 것도 아니고, 그저 우물쭈물 가슴 두근거리는 것이 평상시의 미도리의 모습은 아니었다.

13

공연히 마음은 끌리는데

'여기가 미도리가 사는 다이코쿠야의…'라고 생각했을 때부터 신뇨는 불안해서 앞뒤도 보지 않고 걸어갔지만, 짓 궂은 비, 짓궂은 바람에 게타 끈까지 끊어져서 어쩔 수 없이 문 밑에서 지승을 꼬는 심정은 난처하기 이를 데 없었다. 마음속 여러 가지 참을 수 없는 일들이 있었는데 달려오는 발소리는 등 뒤로 찬물을 끼얹는 듯하고, 돌아보지 않아도 그 사람이 바로 미도리라고 생각하니 부들부들 떨리고 얼굴색도 변하는 것 같다. 뒤돌아서서 오직 게타 끈에만 마음을 쓰는 척하면서 반은 넋이 나간 채로, 또 반은 혼신을 다해 끈을 붙들어 매려고 하였으나 이 게타가 도무지 신을 수 있게 될 것 같지 않다.

뜰에 서 있는 미도리는 신뇨를 엿보고는 '에유 손재주도 없어라. 저런 손놀림으로 뭘 하겠다는 거야? 지푸라기 같은 지승으론 앞에 꽂아봤자 오래갈 리가 없잖아. 저 봐, 저 봐. 옷자락이 땅에 닿아서 흙투성이가 되는 건 알지도 못하네. 저 봐, 우산이 굴러가네. 저건 접어서 세워두면 될 텐데.' 하면서 하나하나 다 애가 타고 답답해하지만, '자, 여기 헝겊이 있어. 이걸로 매.'라는 말을 걸지도 못하고 서 있기만 한다. 내리는 비가 소맷자락을 적셔 척척한데도 피하지 않고 숨어서 보고 있었는데 그런 줄도 모르는 어머니가 멀리서 불러 댄다.

"다리미질할 불이 다 붙었는데, 미도리는 왜 놀고 있어? 비 올 때 밖에 나가 장난치면 안 돼. 또 요전처럼 감기 들라."

미도리는 "네, 지금 가요." 하고 크게 말하고는 그 소리가 신뇨에게 들린 것이 부끄러웠다. 가슴은 두근두근 얼굴은 빨개지고, 이제는 열 수도 없게 된 문 옆에서 그렇다고 그냥 지나칠 수도 없는 난처함에 이것저것 생각한 끝에 창살 사이로 손에 들고 있는 헝겊 조각을 말없이 내던졌지만, 신뇨는 안 본 듯이 보고는 모르는 척하는 표정을 지었다. 미도리는 '이그, 언제나 저 비뚤어진 심보'라며 억울한 심정을 눈에 모아서 약간 눈물 맺힌 원망스러운 얼굴을 한다. '뭐가 미워서 그렇게 무정한 모습을 하는 거냐? 하고 싶은 말이 있는 건 이쪽인데 정말 너무하는구나!'라고 북받쳐 오를 만큼 마음은 간절하지만, 어머니가 자꾸 부르시는 것도 있고 해서 어쩔 수 없이 한 발짝 두 발짝 물러난다. '에이 뭐야, 미련스럽게 신뇨 같은 애를 생각해 주다니 정말 부끄럽네'라며 마음을 다잡고 몸을 돌려 탁탁 소리 내면서 징검돌을 따라 들어가 버렸다. 신뇨는 그제야 쓸쓸히 돌아보았다. 비에 젖어 단풍무늬가 선명하고 아름답게 보이는 빨간 무늬의 헝겊이 발 가까이에 떨어져 있다. 공연히 마음은 끌리는데 집어 들지도 못하고 허전하게 바라보고는 애달픈 마음만 든다.

자신의 손재주 없음을 새삼 깨닫고, 겉옷의 긴 끈을 풀어 매달아 둥글둥글 흉측하게 임시방편을 하고는 '이젠 됐겠지' 하고 걸어보지만, 걷기 힘든 것은 말할 나위 없다. '이 게타를 신고 다마치까지 가야 하나' 하고 새삼 힘겹겠다는 생각이 들지만 어쩔 수 없이 일어서서 신뇨는 보따리를 옆에 끼고 두 발자국쯤 걸음을 떼어 본다. 그러나 유젠의 단풍이 눈에 들어와 차마 그냥 버리고 갈 수가 없어서 아쉬워하며 돌아보는 그 찰나에 불현듯 말을 거는 자가 있다.

"노부야 어쩐 일이야. 끈이 끊어졌어? 그 모양이 뭐야? 꼴사납게."

놀라서 돌아보니 싸움꾼 조키치가 서 있다. 지금 막 유곽에 다녀오는 길인 듯하다. 유카타 위에 도잔(唐棧)[120]의 기모노를 입고 감색의 삼척[121] 허리띠를 여느 때처럼 허리에 매고, 검은 옷깃을 단 새 한텐[122]. 가게 이름이 쓰인 우산을 받쳐 들고, 굽이 높은 게타 앞쪽에 씌운 가죽[123]도 오늘 아침부터 쓰기 시작한 새것이란 것을 한눈에 알 수 있는 검정옻칠이 돋보여 자못 자랑스러워하는 눈치다.

"난 게타 끈이 끊어져서 어쩔까 하고 있었어. 정말 죽겠어." 하며 신뇨가 힘없는 소리를 한다.

"그렇겠지. 네가 끈을 맬 재주가 있겠니? 됐어. 내 게타를 신고 가. 이 끈은 괜찮아." 라고 조키치는 말한다.

"그럼 넌 어쩌고. 뭐, 나는 습관이 되어 있어. 이렇게 해서 이렇게 하고"

~~~~~~~~~~

120 ** 도잔(唐棧): 세로의 줄무늬가 있는 면직물로 고가품인데, 에도시대엔 멋을 아는 쓰진(通人) 등이 좋아하여 입었다.

121 ** 삼척(三尺; 산자쿠): 약 110센티미터의 짧은 헝겊을 띠로 하여 허리를 매는 것으로, 신분이 천한 자들이 사용한 싸구려 띠이다.

122 ** 한텐(半天): 일본 겉옷인 하오리(羽織)와 비슷한 짧은 겉옷인데 서민들이 입는 일상복이다.

123 굽이 높은 게타 앞쪽에 씌운 가죽: 비가 올 때 신는 굽 높은 일본 신발인 게다 앞쪽에 가죽을 씌워 발끝이 젖지 않도록 했는데, 그 가죽에는 검은색의 윤기가 나는 옻칠을 했다.

신뇨가 얼렁뚱땅 대충대충 자락을 걷어 올리니까, 조키치는,

"그렇게 묶는 것보다는 차라리 이렇게 하는 게 더 시원해." 하며 게타를 아예 벗어버린다.

"그럼 너는 맨발이 되잖아. 딱하게 그럴 순 없지."라며 신뇨가 곤란해하자,

"됐어. 나는 익숙해져 있으니까. 노부 너 같은 애는 발바닥이 부드러우니까, 맨발로는 돌이 있는 길은 못 걸을 거야. 자, 이걸 신고 가."

조키치는 친절하게도 게타를 벗어 가지런히 내준다. 남에게는 미움만 받으면서도 송충이 같은 굵은 눈썹을 움직이면서 상냥한 말이 배어 나오는 게 우습다.

"노부의 게타는 내가 갖다 줄게. 부엌에 던져 넣어두면 되지? 자, 바꿔 신고 그걸 이리 줘." 하며 조키치는 신뇨를 챙겨주고는 끈이 끊어진 것을 한 손에 든다.

"그럼 노부야 갔다 와. 이따 학교에서 만나자."

둘은 그렇게 약속하고 신뇨는 다마치의 누나 집으로, 조키치는 자기 집으로 각자 헤어졌다. 격자문 밖에는 미련이 남은 빨간 유젠의 애처로움만이 허무하게 남겨졌다.

14

쇼타로와 미도리

올해엔 닭날이 세 번까지 있는 해이다. 두 번째 닭날 때는 비가 와서 못 했지만 앞뒤로 날씨가 좋아서 오토리 신사(大鳥神社)[124]의 흥청거림은 굉장했다. 오토리 신사의 참배를 한답시고 마쓰리 때에나 열리는 수도 검사장의 비상문 쪽으로 물밀 듯이 들이닥치는 젊은이들의 기세는 경천지동의 형국으로, 하늘이 흔들리고 땅이 꺼질 것처럼 그 웃음소리가 울려 퍼졌다.

이곳으로 오는 큰길은 갑자기 방향이 바뀐 듯 느껴질 만

<hr>

124 ✳✳ 오토리 신사(大鳥神社): 도쿄의 메구로구(目黒區)에서 가장 오래된 신사로 눈병을 치유했다는 유서 깊은 곳이며, 11월의 닭날의 축제로 유명하다.

큼 인파가 휩쓰는데, 스미초(角町) 교마치(京町) 등 여기저기의 임시 다리에서는 '어서 밀어' 하는 조키배(猪牙船)[125] 뱃사공의 구호에 맞춰 인파를 헤쳐나가는 사람도 있다. 냇가의 작은 가게 유녀들이 재잘거리는 소리부터 아주 큰 유곽의 샤미센 소리와 노랫소리에 이르기까지, 여러 가지로 섞여 들려오는 그 흥겨움을 잊지 못할 추억으로 여기는 사람도 많을 것이다.

쇼타로는 이날 일숫돈을 걷는 것을 하루 쉬고, 상고로가 차린 찐 토란 가게에 가보기도 하고, 경단 떡 가게의 키 큰 애가 차린 그다지 먹음직스러워 보이지도 않는 팥죽 가게를 찾아가 참견도 했다.

"어때, 좀 벌이가 되냐?'라고 말을 거니까,

"쇼야, 너 마침 잘 왔어. 우리 가게 팥죽이 동나서, 이제 지금부터 뭘 팔아야 할지 걱정이야. 지금 막 새로 끓이기 시작하긴 했는데, 그동안에 손님을 안 받을 수도 없고 어쩌지?'라며 쇼타로에게 도움을 청한다.

"머리가 안 돌아가는 녀석이네. 큰 냄비 둘레에 그만큼 남

<hr />

125 조키배(猪牙船): 요시와라를 들락거릴 때 자주 쓰이던 작은 배로, 가늘고 긴 모양인데 지붕이 없고 앞이 뾰쪽하다. 경쾌하고 빠르다.

은 게 묻어 있잖아. 거기에 뜨거운 물을 둘러서 설탕만 넣고 달게 하면 열 명분 스무 명분은 만들 수 있겠네. 어디서나 그렇게들 해. 네 가게만이 아냐. 이 소란 속에서 맛이 있네 없네 할 사람이 어디 있겠냐. 그저 파는 게 먼저지."

쇼타로가 그렇게 말하면서 앞장서서 설탕 단지를 끌어당기니까, 애꾸눈인 어머니는 놀란 표정으로,

"넌 정말로 장사꾼이구나. 비상한 머리를 가졌네." 하며 칭찬한다.

"뭐야, 이런 게 머리쓴 거란 말이에요? 저도 지금 옆동네 시오후키(潮吹)[126]네 가게에서 단팥이 모자랄 때 이렇게 하는 걸 보고 온 거지, 내가 생각해낸 건 아니에요!"라고 내뱉는다.

"너 혹시 미도리 어디 있는지 모르니? 난 아침부터 찾고 있는데 어디 갔는지 알 수가 없네. 문방구 가게에도 안 왔다고 하는데, 곽 내에 있을까?" 쇼타로는 다시 아이에게 묻는다.

"으응, 미도리는 조금 전에 우리 집 앞을 지나서 아게야마치(揚屋町)의 임시 다리로 들어갔는데. 정말로 큰일 났어, 쇼

---

126 시오후키(潮吹): 입이 뾰족 나오고 짝짝이 눈의 익살스러운 못생긴 남자를 욕하는 말인데, 친구의 별명일 것이다.

야. '오늘은 머리를 이런 식으로, 이런 시마다(嶋田)[127]로 올리고' 어쩌고 어설픈 손놀림을 하면서 갔는데, 너무 예뻐. 그 애는." 하고 코를 닦으면서 말한다.

"그래, 언니인 오마키보다도 더 예쁘지. 그렇지만 그 애도 오이랑(華魁)이 된다면 불쌍하단 말야."라고 밑을 내려다보며 쇼타로가 말한다. 그러자,

"왜? 좋잖아, 오이랑이 되면! 나는 내년부터 계절 따라 필요한 물건을 파는 장사를 해서 돈을 많이 벌 테니까, 그걸 가지고 사러 갈 거야."라며 바보임을 드러낸다.

"건방진 소리 하지 마. 그래 봤자 넌 틀림없이 차일 거야. 어쨌든 어쨌든 어쨌든 간에 차일 이유가 있어."라고 쇼타로는 얼굴을 붉히면서 웃고는,

"그럼 나도 한 바퀴 돌고 올까? 이따 또 올게."

쇼타로는 이렇게 내뱉으며 문을 나와서, 이상한 떨리는 목소리로 '열예닐곱까지는 금이야 옥이야 하고 귀여움을 받고는'으로 시작되는 요즈음 유행하는 노래를 부른다. '이제

---

127 ＊ 시마다(嶋田): 일본식 올림머리인 시마다마게(島田髷)를 생략한 말인데, 시마다로 묶어 올리는 것은 미도리가 소녀에서 아가씨가 되었다는 것을 뜻하는데, 초경이 시작된 것을 축하하는 것이라고도 하고 또는 성인이 되었다는 것을 뜻하기도 한다고 한다.

는 직업이 몸에 배어서'라고 입속으로 중얼대며 노래 가사를 반복하고는, 그 작은 몸으로 셋타 소리를 크게 내면서 많은 인파 속으로 사라져갔다.

인파에 시달리며 나온 유곽 모퉁이. 저쪽에서 반토 신조 (番頭新造)[128]인 오쓰마(お妻)하고 나란히 이야기하면서 오는 것을 보니 틀림없는 다이코쿠야의 미도리이다. 정말 그 바보가 말한 것처럼 앳되어 보이기는 하지만 큰 시마다 머리는 묶어 맨 끈이 자연스럽게 펼쳐져 있어 풍성해 보이고, 대모갑 큰 핀이며 한 다발의 꽃 핀도 눈에 띄게 보여, 여느 때보다 색채가 짙은 교인형(京人形)[129]을 보는 듯하다. 쇼타로는 말문이 탁 막혀 우뚝 선 채로 여느 때처럼 달려들지도 않고 지켜보고만 있는데, 미도리가 먼저 알아보고는 달려온다.

"쇼타잖아?"

"오쓰마야, 장 볼 게 있으면 여기서 헤어지자. 나는 이 친구하고 같이 돌아갈게. 잘 가."

미도리는 오쓰마에게 머리를 숙인다.

─────────

128 ** 반토 신조(番頭新造): 요시와라 유곽에서 오이랑에 붙어 몸 주변이나 외부와의 대응 등 유녀의 잔심부름을 하는 사람을 말한다.

129 ** 교인형(京人形) : 교토(京都)에서 만드는 인형의 총칭인데, 이때의 미도리의 차림이 색채가 곱고 정교하게 잘 차려져서 마치 고급인형인 교인형처럼 보인 것이다.

"어쩜 미도리는 이렇게도 금방 변하니? 이젠 배웅도 필요 없다는 거야? 그럼 나는 교마치(京町)에서 장 볼게."

오쓰마는 서운해하면서 쫑쫑 뛰는 발걸음으로 길가 가게의 좁은 골목 안으로 뛰어들어갔다. 쇼타는 이제야 미도리의 소맷자락을 잡아당긴다.

"잘 어울리네, 언제 묶었어? 오늘 아침이야, 어제야? 왜 빨리 안 보여줬어?"

쇼타로는 원망스러운 듯이 응석을 부렸다. 그러자 미도리는 갑자기 얌전해져서 무거운 목소리로 말했다.

"언니 방에서 오늘 아침에 묶어 올렸어. 난 아주 싫은데"

미도리는 그렇게 말하면서 고개를 숙이고 길 가는 사람들의 시선을 부끄러워하는 것이었다.

15
이상한 미도리

싫고 부끄럽고 남에게 알리고 싶지 않은 일이 있을 때는 남이 칭찬하는 것도 비웃는 것처럼 들린다. 시마다 머리가 보기 좋아서 돌아보는 사람들의 시선도 미도리에게는 깔보는 눈초리로만 보인다.

"쇼타야 난 집에 돌아갈래."라고 미도리가 말하자,

"왜, 오늘은 안 놀 거야? 너 무슨 잔소리 들었어? 오마키하고 다투기라도 한 거 아냐?"

쇼타로는 어린애 같이 물어본다. 미도리는 얼굴을 붉힐 뿐이다. 나란히 서서 떡집 앞을 지나자니 바보가 가게에서 말을 건다.

"사이가 좋-습니다."

바보는 허풍을 떨어댄다. 이런 말을 듣자 미도리는 울어버릴 듯한 표정이 된다.

"쇼타야, 따라오지 마."

쇼타로를 남겨두고 미도리는 혼자서 발걸음을 재촉했다.

오토리 마쓰리에 같이 가자고 말했었는데, 미도리가 반대쪽에 있는 자기 집 쪽으로 서둘러 가버리자 쇼타로는,

"나랑 같이 안 가줄 거야? 왜 그쪽으로 가버려. 너무하네."

하면서 언제나 그랬듯이 어리광을 부린다. 미도리가 뿌리치듯 말없이 가버리자 영문도 모르는 쇼타로는 어처구니가 없어 뒤쫓아 가서 소맷자락을 붙잡고 매달리며 이상해한다. 미도리는 얼굴을 붉힌다.

"아무것도 아냐"라고 하지만 미심쩍다.

미도리는 자기 집 문 안으로 들어가 버리고, 쇼타로는 이전부터 자주 놀러 왔었기 때문에 그리 어려운 집도 아니어서 뒤쫓아 가 툇마루로 살짝 올라갔다. 미도리의 어머니가 보자마자 반가워하며 말을 건다.

"오, 쇼타 잘 왔어. 아침부터 미도리 기분이 안 좋아서 모두 쩔쩔매고 있어. 좀 놀아 줘."

쇼타는 어른스럽게 자세를 가다듬고는,

"어디가 아픈가요?"라며 정색을 하고 물어본다.

"아니야" 하며 어머니는 야릇한 웃음을 짓고는,

"좀 지나면 낫겠지. 언제나 제멋대로니까."라면서 돌아보는데, 미도리는 어느새 방 안에 이불이며 가이마키(抱卷)[130]까지 꺼내어 깔고 덮고는 겉옷을 벗어 던진 채로 엎드려서 아무런 말도 하지 않는다.

쇼타는 조심조심 머리맡에 다가가서,

"미도리야, 왜 그래? 어디 아파? 기분이 안 좋아? 도대체 왜 그래?" 하고 묻지만, 그렇게 가까이까지는 다가가지도 못하고 무릎에 손을 올려놓고 마음만 아파한다. 미도리는 더 이상 대답도 하지 않고, 소맷자락을 꽉 잡고는 소리 죽여 울기만 한다. 아직 다 묶어지지 않은 짧은 앞 머리카락이 눈물에 젖은 것도 이유가 있는 듯하지만, 어린 마음에 쇼타로는 뭐라고 위로할 말도 찾지 못하고 그저 곤란해할 뿐이다.

"도대체 뭐가 어찌 된 거야. 난 너한테 혼날 만한 짓은 하지도 않았는데. 뭐가 그리 화가 나니?"라며 들여다보고는 어쩔 줄 몰라 하자, 미도리는 눈물을 닦고,

"쇼타야, 난 화가 난 게 아니야."라고 대답할 뿐이다.

---

130 가이마키(抱卷): 솜을 잔뜩 넣은 일본 기모노의 모양으로 만든 이불이다. 보통 덮는 이불만 가지고는 밤에 찬기가 어깨 쪽에서부터 이불 속으로 들어오기 때문에, 그것을 막기 위해 몸에 두른다.

"그럼 왜?"

쇼타로도 계속해서 묻지만, 미도리는 여전히 아무 말도 하지 않는다. 싫은 일도 여러 가지지만 이건 아무래도 말할 수 없는 부끄러운 일이고 보니, 누군가에게 털어놓지도 못하겠다. 뭐라 말도 나오지 않는데 자연히 얼굴만 빨갛게 달아오르고, 점점 마음이 초조해지기 시작한다. 처음으로 겪는 일인지라 미도리의 부끄러움은 이루 말할 수가 없다. '가능하다면 말을 거는 사람도 내 얼굴을 보는 사람도 없는 어두컴컴한 방 안에서 혼자 자유롭게 하루를 보내고 싶다. 그러면 이와 같은 싫은 일이 있어도 남의 시선을 신경 쓸 일도 없고 이렇게까지 고민하지도 않을 거야. 언제까지고, 언제까지고 인형이나 종이 인형 등을 상대로 소꿉장난만 하고 있으면 아주 좋을 텐데. 아아 싫다 싫어. 어른이 되는 것은 정말 싫어. 왜 이렇게 나이를 먹는 거야. 칠 개월, 십 개월, 일 년 전으로 돌아가고 싶은데'라고, 미도리는 세상 다 산 것 같은 생각을 하면서 쇼타가 여기에 와 있다는 것도 상관하지 않는다. 미도리는 쇼타로가 말을 걸면 거는 것마다 모두 다 뿌리친다.

"돌아가, 쇼타야, 부탁이니까 돌아가 줘. 네가 있으면 내가 죽어 버릴 거야. 말을 거니까 머리가 아파. 입을 열면 어지러

위. 누구도 나한테 오는 게 싫으니까 너도 돌아가."

미도리는 여느 때와 달리 차갑게 대하고, 쇼타로는 어떻게 해야 할지 알 수도 없어 연기 속에 파묻힌 것 같았다.

"어쨌든 넌 오늘 좀 이상해. 그런 말을 할 리가 없는데. 정말 이상하다구."

쇼타는 아쉬운 마음에 침착하게 말하면서도 약한 마음에 눈에는 눈물이 고인다. 하지만 미도리는 신경도 쓰지 않는다.

"돌아가. 돌아가. 계속 여기 있으면 이젠 친구도 뭐도 아냐. 네가 싫어질지도 몰라, 쇼타야."

미도리가 오히려 원망스럽다는 듯이 말을 하자, 쇼타는 어쩔 수 없이 일어났다.

"그럼 갈게. 실례했습니다."

쇼타로는 시무룩하게 내뱉고는 목욕탕에서 물 온도를 재는 어머니에게는 인사도 하지 않고 불쑥 일어나 뜰 쪽으로 뛰어나갔다.

16

다들 어찌 될지

쇼타로는 일직선으로 내달려 사람들 속을 헤치고 문방구 가게로 뛰어들었다. 상고로는 어느샌가 물건을 다 팔고서 하라가케(腹掛)의 주머니[131]에 약간의 돈을 넣어 흔들어 대면서, 동생들을 데려다가 갖고 싶은 건 뭐든 다 사주겠다며 큰형님 노릇을 하고 있었다. 그렇게 한창 유쾌하게 떠벌리고 있는데 쇼타로가 뛰어드니까,

"야, 쇼야, 지금 너를 찾고 있었어. 나 오늘은 많이 벌었거든. 뭔가 사줄까?"라고 기분 좋게 말한다.

---

131 하라가케(腹掛)의 주머니: 장사꾼이 겉옷 속에 입는 앞치마같은 작업복인데, 앞에 주머니가 달려 있다.

"바보 같은 소리 하지 마. 너한테 얻어먹을 내가 아냐. 입다물어. 건방진 소리 말구."라며 여느 때와는 다르게 거친 소리를 하는가 싶더니,

"지금 그게 문제가 아냐."라며 침울해한다.

"뭐야, 뭐야. 싸움이야?"라며 상고로는 먹던 단팥빵을 주머니 속에 쑤셔 넣고는,

"상대는 누구야. 용화사야? 조키치야? 어디서 일어났어? 꽉 내야? 도리이(鳥居)¹³² 앞이야? 마쓰리 때랑은 달라. 갑자기가 아니면 지진 않아. 내가 맡겠어. 앞장설게. 쇼야 마음 단단히 먹고 시작해."라며 알지도 못하고 싸움을 부추긴다.

"에이 성질 급한 녀석. 싸움이 아냐."라고 쇼타로는 말하고 입을 다물어버린다.

"에이, 놀랐네. 네가 큰일이 난 것처럼 뛰어드니까 난 싸움이 일어난 줄만 알았잖아. 그렇지만 쇼야, 오늘 밤 일어나지 않으면 이제 싸움은 일어날 리가 없어. 조키치 녀석 한 팔이 없어지거든."

"그게 무슨 소리야? 한 팔이 없어지다니?"

---

132 도리이(鳥居) : 신사(神社) 앞에 세운 문인데, 여기에서는 오토리신사 문 앞에 있는 도리이를 말한다.

"너 모르는구나. 나도 지금 막 들은 얘긴데, 우리 아버지랑 용화사의 주인아주머니가 얘기하기를, 노부는 가까운 시일 내에 어딘가의 스님학교로 들어간대. 그런 승복을 입으면 싸움에는 못 끼어들지. 그런 소매가 치렁치렁한 무섭게 긴 것을 걷어 올릴 수도 없을 테고. 그렇게 되면 내년부터 옆동 네도 앞동네도 모조리 네 졸병이야."라며 상고로는 큰소리 를 친다.

"관둬. 2전 받으면 조키치 패가 될 너 같은 애가 백 명 내 편이라고 해도 조금도 기쁘지 않아. 붙고 싶은 쪽 어디라도 붙어버려. 난 남한테 의지하지 않고 진짜 자기 힘으로 용화 사와 한번 겨루고 싶었는데, 다른 데로 가버린다면 할 수 없 지. 후지모토는 내년에 학교를 졸업하고 나서 간다고 들었 는데 왜 이렇게 빨리 가게 됐을까? 별수 없는 녀석이로군." 하고 쇼타로는 혀를 찬다.

그렇지만 사실 그 일은 조금도 마음에 걸리지 않고, 미도 리의 행동이 자꾸 생각나서 쇼타로는 여느 때처럼 노래도 나 오지 않고, 사람들이 수없이 오가는 큰길가의 풍경도 마음이 쓸쓸하니 번화해 보이지도 않는다. 저녁 불이 켜질 무렵부터 쇼타로는 문방구 가게에 들어가 버리고, 오늘의 닭날 마쓰리 는 쇼타로에게도 미도리에게도 엉망이 되어버렸다.

미도리는 그날을 시작으로 마치 다시 태어난 듯이 행동한다. 볼일이 있으면 유곽의 언니 집에는 가지만 무슨 일이 있어도 동네에 나가서 놀지 않고, 친구가 심심해서 데리러 와도,

"다음에, 다음에" 하며 건성으로 말하고, 그렇게 사이가 좋았던 쇼타로하고도 어울리지 않는다. 이제는 언제나 부끄러운 듯이 얼굴만 붉히며, 문방구 가게에서의 예전 같은 활발함은 다시 보기 힘들게 되었다. 남들은 이상해하며,

"아파서 그런가?" 하고 걱정하는 이도 있지만, 어머니는 혼자 웃으며,

"곧 개구쟁이 본성이 나타날 거야. 이것은 휴식이고." 하면서 다 알고 있다는 듯이 말한다. 하지만 모르는 사람에게는 도무지 무슨 소리인지 알 수가 없다.

"여자답고 얌전해졌다"라고 칭찬하는 이도 있는가 하면, 드물게는

"재미있는 아이가 쓸모없게 됐다."라며 비난하는 이도 있다.

앞동네는 갑자기 불이 꺼진 듯이 쓸쓸해져서 쇼타로의 노랫소리를 듣는 일도 드물어지고, 그저 밤마다 유미하리 초롱불[133]의 빛만 보일 뿐이다. 그것은 쇼타로가 일숫돈을 걷

으러 다니는 것인데 제방을 가는 그림자도 왠지 춥게 느껴진다. 가끔 동행하는 상고로의 목소리만 여느 때와 다름없이 익살을 떠는 듯이 들렸다.

용화사의 신뇨가 자기 종파의 학교로 간다는 소문도 미도리는 전혀 듣지 못했다. 있는 고집을 그냥 그대로 쑤셔 넣고는, 요 며칠간 일어난 일 때문에 자신이 자신 같지 않고, 그저 무엇이든 부끄럽기만 하다. 그러던 어느 서리 내린 아침. 수선화의 조화를 격자문 밖에서 안으로 넣어 둔 이가 있었다. 누가 한 일인지 알 수는 없지만, 미도리는 까닭 없이 아련한 생각이 들어 선반 위에 있는 작은 꽃병에 꽂아두고는 그 외롭고 깨끗한 모습을 아꼈다. 그런데 어디선가 구름처럼 전해진 얘기로는, 그날 아침은 신뇨가 다른 학교에 가서 스님이 되는 수행을 시작한 바로 그날이었다고 한다.

---

133 유미하리 초롱불(弓張提灯) : 대나무 손잡이가 달린 초롱불이다.

한 송이 해맑은 연꽃의 매력

일본 문학에서 메이지 20년대(1888~1897)는 극단적인 서구화와 그것을 경계하는 의(擬)고전적인 문학이 등장하여 새로운 문학 형태를 찾아 모색하는 근대문학의 여명기라고 할 수 있다.

히구치 이치요(樋口一葉, 1872~1896)는 일찌감치 여성의 사회적 제약에 눈을 뜨고, 여성이 스스로 자신의 인생을 개척하지 않으면 안 된다는 경고를 섞어, 현실에 안주해버리기 쉬운 인간의 가련함을 지적하였다. 특히 그녀의 대표작인 『키재기』에서는 아직 어린 순수한 소년 소녀들이 생활환경에 지배당할 수밖에 없는 가슴 아픈 현실을 표현하였다. 그럼으로써 이 작품은 사회를 이끌어가는 어른들의 각성을 불러일으킴과 동시에 그 속에서 아련하게 다가오는 어린 시절의 마음의 고향을 느끼게도 하였다. 그러나 히구치 이치요는 25세라고 하는 젊은 나이에 폐결핵으로 안타깝게도 생을 마감하여, 예리하면서도 따뜻한 그녀의 재능을 더는 발휘하지 못하였다.

히구치 이치요의 문학적 활동은 짧은 기간에도 불구하고 소설뿐만이 아니라 와카, 일기, 서간 그리고 수필 등에까지 광범위하게 펼쳐졌는데, 『키재기』는 1895년 1월 이치요가 24살 때 「문학계(文學界)」에 연재하기 시작하여 다음 해 1월까지 이어지다가 4월에 「문예구락부(文芸俱樂部)」에 일괄해서 게재되었다.

이 소설에는 주인공인 미도리와 신뇨, 그리고 그들의 친구인 쇼타로와 조키치, 그들의 착한 패거리로서 상고로 등이 등장한다. 이들은 모두 사춘기의 어린이들로서 아직 순수한 마음을 가지고 있지만, 이들이 사는 생활환경은 유곽이라고 하는, 아이들을 교육하기에는 좋지 않은 곳이다. 따라서 이들은 여기에 살면서 교육을 통하여 자신들의 삶을 개척해가는 것이 아니라 오히려 유곽이라고 하는 동네 분위기에 물들어가는 비극적인 삶에서 벗어나지 못한다.

우선 미도리에 대해서 살펴보자. 미도리는 미인상은 아니지만 뭔가 마음이 끌리는 얼굴에다가 목소리나 행동에서 기분이 좋게 느껴지는 등 호감이 가는 모습을 하고 있다. 그러나 유곽 여인들의 모습을 따라 한 차림새에서 미도리의 천성적인 매력이 동네의 분위기 속에 파묻혀버릴 것 같은 비극이 예상된다.

미도리에게는 또 나름 정의감과 순수하고 화끈한 열정, 그리고 보스적인 기질까지도 겸비되어, 어리지만 여장부다운 곳도 있다. 그러나 미도리의 이러한 장점은 언니가 유곽의 유녀라는 사실로 인해 전혀 고려의 대상이 되지 못하고 '그래 봤자 그 언니에 그 동생'이라며 무시되기도 한다.

이처럼 미도리는 여자라는 제약과 비천한 직업을 가진 언니의 동생, 그리고 역시 가난한 집안이라는 사회적인 객관성 앞에서 아주 보잘것없는 존재가 되고 만다. 조키치가 던져 미도리의 이마에 직통으로 맞은 더러운 흙투성이 신발이 오히려 미도리의 놓인 위치를 상징적으로 대변해주고 있다고도 할 수 있다. 그렇기에 미도리는 발끈해서 화를 내지만 세상을 잘 알고 있는 문방구 가게의 아주머니는 미도리가 더 다칠까 봐 미도리를 말리기도 한다.

미도리의 내면적인 장점이 전혀 고려되지 않은 채, 사회적인 통념 속에서 살아갈 수밖에 없는 그녀의 상황이 이후의 비극적인 삶을 예상하게 한다.

그리고 미도리도 그 사실에 격분하긴 하지만 그것은 어디까지나 마음속에서의 일일 뿐, 미도리 자신은 이 사실을 숨기려고 한다.

미도리의 자존심은 '조키치 따위의 신발 진흙이 내 이마에 묻었다면 밟힌 거나 마찬가지'라고까지 생각하며 억울해한다. 그러나 말해봤자 소용이 없고 그 억울함을 외부적으로 극복해나갈 방법이 없는 미도리는 그 억울함을 숨겨버리게 되는 것이다. 그러나 그렇다고 해서 그 억울함을 참거나 극복할 마음의 수행도 방법도 알 길이 없는 미도리는 딱하게도 학교에 가는 것을 그만둬 버림으로써 자신의 인생을 개척할 방법조차도 찾지 못하게 된다. 그 뒤로 미도리는 그 동네의 분위기에 물들대로 물들면서 자신의 성격을 가다듬을 기회도 없이 그냥 성격대로 살아간다.

동네 분위기가 그런 만큼 미도리의 앞날에 대해서 신경 쓰는 사람도 없고, 미도리를 따르는 쇼타로마저도 놀랄 만큼 미도리는 제멋대로 커가는 것이다.

물론 그런 미도리에게도 이성에 대한 순수한 감정은 싹트고 있어서 신뇨를 의식하기도 한다. 하지만, 유녀의 동생과 스님의 아들이다. 이런 조건과 그 동네의 분위기가 이미 두 사람의 마음을 다가서기 힘들게 해놓고 있다.

어느 비 오는 날, 미도리는 게타끈이 떨어진 신뇨의 모습을 보면서 도와주고 싶어 애가 타지만 숨어서 지켜볼 뿐 나서지는 못한다. 민감한 나이의 미도리는 신뇨에게 다가설 수 없는 위치에 놓여 있다. 그리고 미도리가 놓인 이런 위치는 본인 마음에도 들지 않는다.

미도리는 생활환경에 지배되어 자존심이 많이 상하는데, 이미 그 환경으로부터 탈피해나갈 방법이 없다. 그냥 예정된 듯 다가오는 미래를 기다릴 뿐이다. 다만 미도리는 생활환경 속으로 물들어가면서도, 그 마음 깊은 곳에서는 환경이나 조건과 무관하게 그리움을 느끼고 깨끗한 모습을 아끼면서 환경에 물들지 않는 자신의 순수한 세계를 지켜나간다.

이러한 인간다운 미도리의 모습을 통하여 인간의 비애와 인간의 가련함을 느끼고 또한 인간에 대한 희망을 찾아볼 수 있다는 것이 이 작품의 가치로 다가온다. 그리고 미도리에 대한 이러한 희망적인 사랑에서, 그 자신 또한 어려운 가정환경 속에서도 작가로서의 꿈을 이루기 위해 노력해온 작가 이치요의 흔적을 찾아볼 수도 있다.

한편 신뇨는 어떠한가. 신뇨는 유곽 동네에 있는 용화사 주지 스님의 얌전한 아들로 다른 아이들처럼 비슷하게 놀기는 해도 역시 불제자 같아서 다른 아이들과는 어딘가 달라 보이는 아이다. 그러나 어쩔 수 없이 이곳의 생활 분위기 속에서 헤어나지 못하는 일면도 있다. 친구 조키치와의 대화에서 허세도 떨고 심지어 칼 자랑까지 해 보이는 것이다. 쇼타로패와의 싸움에서 편이 되어주길 바라는 조키치를 달래면서도 아직 어린 신뇨의 철없는 일면이 드러나는 부분이다. 이런 철없고 아직 어린 면을 통해 신뇨 또한 이 동네의 분위기에 물들어 있는 모습을 엿볼 수 있지만, 신뇨가 이 동네의 분위기에 완전히 물들어갈 수 없는 원인도 확실히 있다.

큰스님이면서도 세속적인 아버지는 직업이 스님이지 속세의 사람들과 다를 게 없다. 절제하는 것도 없이 돈이 되는 거라면 뭐든지 다 하려고 하고 먹는 것도 미식가처럼 입에 맞는 것을 다 먹으려 한다. 이런 아버지의 인품이 마음에 안 드는 신뇨는 같은 스님이라도 아버지 같은 스님은 되지 않겠다고 결심하는 것이다. 그리고 이뿐 아니라 이러한 생각과 행동을 전혀 인정해주지 않는 아버지 스님에 대해서 신뇨는 불만까지도 느끼게 된다. 심지어 아버지인 큰스님에게

'왜 그 머리는 깎으셨어요?' 하고 원망스럽게 생각하기도 했다.

자기의 생각이 전혀 받아들여지지 않는 신뇨는 자연히 어두운 면이 생겨나면서 그런 자신의 처지가 비관적으로 느껴지는 등 세속적인 것에 대한 거부감이 생기게 된 것이다. 이렇게 세속적인 것에 물들지 않는 신뇨를 통해서 독자들은 아버지 스님의 세속적인 면이 자식에게 대물림되지 않음을 확인하면서 안심하고 아버지 스님도 인간이라는 공통성이 있음을 깨닫는다. 또 신뇨를 통해서는 새로운 세대에 대한 희망도 생기게 된다. 물론 신뇨의 이런 결백한 성품이 미도리의 비위를 상하게 하고, 게다가 조키치가 자기네 뒤에는 신뇨가 있다는 등의 오해를 불러일으켜 미도리가 더 억울해하고 드디어는 학교까지도 가지 않게 되는 등의 간접적인 책임이 있긴 하지만, 하여간 신뇨는 이곳에 머물지 않고 더 큰 세상을 꿈꿀 수 있는 순수성을 지니고 있는 것이다.

그리고 쇼타로와 조키치가 미도리와 신뇨의 친구로 등장하고 있는데, 쇼타로는 아직 어려도 미도리의 고운 모습에 마음이 끌리고 미도리를 좋아한다. 그러나 한편으로는 할머니와 단둘이 살면서 할머니가 하는 일숯돈 걷기 등을 대신하면서 인생의 고단함을 깨닫는 등 그곳에 사는 어린이치고는 희한하게 인생을 깊이 있게 생각하기도 한다. 그러던 중 사이좋게 놀던 미도리가 어른이 되어가니까, 쇼타로는 미도리도 유녀가 된다면 불쌍하다고 생각하게 되고, 미도리가 얌전해지고 자기를 멀리하면서 놀아주지 않자 생기를 잃고 시무룩해진다. 동네 사람들은 부자인 쇼타로네에게서 집을 빌려 산다거나 돈을 빌려 쓴다거나 하는 도움을 받으면서도 쇼타로가 착한 아이이다 보니 거친 조키치보다는 쇼타로에게 더 많은 호감을 느낀다.

반면에 조키치는 그곳 사람들의 상식을 갖고 살아가는 인물로 그려지는데, 공부를 잘하는 신뇨에게는 굽신거리고 친절히 대하면서도 유곽에 사는 미도리에 대해서는 비천한 사람을 대하듯 하고 잡부장인 아버지의 위세를 빌려서 동네아이들한테는 자기가 무슨 우두머리라도 되는 것처럼 거칠게 대하기도 한다.

또 한편, 쇼타로의 친구인 상고로도 가난해도 속없이 착한 아이로 익살을 부리면서 동네 분위기를 부드럽게 하고 있다.

이런 아이들의 배경으로 동네의 문방구 가게와 가게 아줌마가 아이들의 편안한 자리를 제공하고 있으며, 아이들은 이곳에 모여 서로의 속마음을 털어놓고 이야기하면서 시나브로 성장해 나름대로 자신의 위치를 찾아간다.

이 소설은 이렇듯 가난하지만 착하고 순진한 아이들이 유곽이라는 최악의 생활환경 속에서 각각 타고난 성품과 인간성 등을 있는 그대로 솔직하게 드러내고 아이답게 노는 면모를 보여준다. '유곽과 동심'이라는 양극이 선명한 대비를 이루면서 조화롭게 공존하는 것이다. 하지만, 결국은 비극적인 생활환경 속으로 흡수되듯 적응해가는 인생의 참담함도 동시에 담담하게 그려지고 있다. 그러나 그런 속에서도 작가 이치요는 개인의 내면에 자리 잡은 순수한 마음을 소중하게 지켜가려는 희망에 대한 끊임없는 갈구를 끝내 포기하지 않는다. 바로 그런 이유로 이 소설이 더욱더 아름답고 아련한 마음의 고향처럼 느껴지며, 일본인들의 마음속에 꼭 한번 읽어보고 싶은 작품으로 굳게 자리 잡고 있다. 마치 진흙탕에 핀 한 송이 해맑은 연꽃과도 같은 정서가 이 작품의 매력이 아닐까 생각된다. 맨 마지막 장면, 승려학교로 떠나는 신뇨가 미도리 집 대문 문틈에 몰래 넣어두고 간 한 송이 수선화 조화가 그런 대비를 멋지게 상징하며 독자의 마음을 아련히 정화한다.

"수선화의 조화를 격자문 밖에서 안으로 넣어둔 자가 있었다. 누가 한 일인지 알 수는 없지만, 미도리는 까닭 없이 아련한 생각이 들어서 선반 위에 있는 작은 꽃병에 꽂아두고는 그 외롭고 깨끗한 모습을 아꼈다. 그런데 어디선가 구름처럼 전해진 얘기로는, 그날 아침은 신뇨가 다른 학교에 가서 스님이 되는 수행을 시작한 바로 그날이었다고 한다."

가히 이 맑은 작품의 화룡점정이라고 할 수 있다.

히구치 이치요(樋口一葉) 연보

1872년 (明治 5년) 1세

5월 2일, 도쿄(東京)에서 하급 무사인 아버지 히구치 노리요시(樋口則義)와 어머니 다키(瀧) 사이에서 3남 2녀(셋째 오빠는 이미 사망하였기 때문에 실제로는 2남 2녀)의 막내로 태어났다. 호적명은 나쓰(奈津)이다.

1878년(明治 11년) 7세

6월에 요시카와(吉川) 소학교 제8급(초등학교 1학년에 해당)을 마치고, 7급(초등학교 2학년에 해당)으로 진급하였다. 이때쯤부터 「구사조시(草雙紙: 江戶시대 중기에서 말기에 걸쳐 유행한 그림을 중심으로 한 이야기책)」를 탐독하기 시작하였다.

1883년(明治 16년) 12세

세이카이(青海) 소학교 고등과 4년급(초등학교 5학년에 해당)을 수석으로 졸업하였다. 이것이 이치요의 최종 학력이다.

1886년(明治 19년) 15세

8월에 가인(歌人) 나카지마 우타코(中島歌子)의 와카 학교(歌塾) 하기노샤(萩の舍: 싸리집)에 입문하여, 동문인 다나베 가호(田辺花圃: 훗날의 미야케 가호(三宅花圃))와 가깝게 지내게 되었다.

1887년(明治 20년) 16세

이때부터 「미노후루고로모(身のふる衣: 몸에 걸친 낡은 옷)」라는 제목으로 일기를 쓰기 시작하였다. 6월에 아버지는 경시청(경찰청)을 퇴직하였고, 11월에 큰오빠인 센타로(泉太郎)가 폐결핵으로 사망하였다.

1888년(明治 21년) 17세

큰오빠 센타로의 뒤를 이어 이치요가 히구치 집안의 호주가 되었다. 6월과 10월에는 와카 한 수씩을 발표(『시키노하나(四季の花)』, 『오오야시마가슈(大八洲歌集)』)하였다. 아버지는 운송청부업조합에 참여하여 사업을 했는데, 사업이 많이 어려워졌다.

1889년(明治 22년) 18세

아버지가 사업에 실패하고 7월에 병으로 사망하였다. 그때 나이 60세였다. 일기 「무제 그 일(無題 その一)」을 9월 4일까지 쓰기 시작하였다. 9월에 시바사이오지(芝西應寺)에 사는 둘째 오빠의 집으로 모두 옮겨갔다. 아버지의 부탁으로 이치요와 약혼했던 시부야 사부로(澁谷三郎)가 이치요의 집안이 망한 것을 알고 일방적으로 약혼을 파기하였다.

1890년(明治 23년) 19세

1월 16일부터 일기 「무제 그 이(無題 その二)」를 단속적이긴 하지만 3월 14일까지 썼다. 어머니와 오빠의 사이가 안 좋아, 9월에는 어머니와 언

니와 함께 세 식구가 혼고 기쿠사카초(本鄕菊坂町)로 집을 빌려 이사했다. 빨래나 바느질로 생계를 꾸려갔는데, 이치요는 이때쯤부터 생계 수단으로 소설을 쓸 생각을 하였던 듯하다.

1891년(明治 24년) 20세

1월에 소설『가레오바나(枯尾花: 마른 참억새꽃)』을 집필하면서 소설가로서 살아갈 것을 결심하였다. 이것은 미야케 가호가 1888年에 출판한 소설『야부노 우구이스(藪の鶯: 덤불 속 꾀꼬리)』로 인정받아 신진 여성 작가로서 활동하고 있는 것에 자극받았기 때문이다.

1892년(明治 25년) 21세

2월 동인지「무사시노(武藏野)」에『야미자쿠라(闇櫻: 어둠 속 벚꽃)』을 처음으로 공표하였다. 4월에『다마다스키(たま襷: 예쁜 어깨끈)』을「무사시노 2」에,『와카레시모(別れ霜: 이별의 서리)』를「가이조 신문(改造新聞)」에 발표하였다. 5월에『사미다레(五月雨: 장마)』가「무사시노 3」에 게재되었다. 11월에 미야케 가호의 소개로『우모레기(うもれ木: 매목)』가 문예 잡지「미야코노 하나(都の花)」에 게재되어 처음으로 원고료를 받았다.

1893년(明治 26년) 22세

1월에『아카쓰키요(曉月夜: 새벽달이 보이는 밤)』이「미야코노 하나」101호에 게재되었고, 3월에는 역시 미야케 가호의 소개로『유키노히(雪の日: 눈 내리는 날)』이 월간 문예 잡지인「문학계(文學界)」에 게재되었다. 사는 집을 혼고(本鄕)에서 류센지초(龍泉寺町: 속칭 다이온지 앞, 大音寺前)으로 이사하여, 8월 5일에는 그곳에서 철물·완구·과자 등을 파는 작은 가게를 시작하였지만 잘되지 않았다. 12월에『고토노네(琴の音: 거문고 소리)』를「문학계」에 발표하였다.

1894년(明治 27년) 23세

2월에 『하나고모리(花ごもり: 꽃 속에 묻혀서)』의 전반을, 4월에는 후반을 「문학계」에 각각 발표하였다. 장사를 그만두고 5월에 혼고(本鄕) 쪽으로 다시 이사하였다. 7월, 사촌 동생 고사쿠(幸作)의 죽음에 충격을 받고 이치요는 창작에 더 열중하게 되었다. 이 해에 『다케쿠라베(키재기)』 첫 부분의 원형인 「히나토리(雛鷄: 병아리)」를 썼다. 12월에 『오오쓰고모리(大つごもり: 섣달 그믐날)』을 「문학계」에 발표하였다.

1895년(明治 28년) 24세

1월부터 『다케쿠라베』를 「문학계」에 발표하기 시작하여, 2월, 3월, 8월, 11월, 12월 및 다음 해의 1월까지 이어졌다. 4월에는 『노키모루쓰키(軒もる月: 처마 끝에 새어 나오는 달)』을 「마이니치 신문(每日新聞)」에, 5월에는 『유쿠 구모(ゆく雲: 가는 구름)』을 종합잡지 「태양(太陽)」에 발표하였다. 6월에는 『주산야(十三夜: 십삼야)』를, 7월에는 『니고리에(にごりえ: 탁한 강)』을 완성하였다. 6월에 『교쓰쿠에(經つくえ: 경상)』을, 8월에는 『우쓰세미(うつせみ: 매미)』를 각각 「요미우리 신문(讀賣新聞)」에 발표하였다. 9월에는 『니고리에』를, 10월에는 수필 『소조로고토(そぞろごと: 두서없는 말)』을 문예 잡지 「문예구락부(文藝俱樂部)」에 각각 발표하였다. 『사오노 시즈쿠(棹のしづく: 빨랫대의 물방울)』도 이때쯤에 만들어졌다. 12월에는 『주산야』가 「문예구락부」에 발표되었다. 그러나 생활은 계속 어려웠던 모양이다. 『오오쓰고모리(섣달 그믐날)』 발표 이후의 14개월 동안 11개의 작품이 발표된 시기를 이치요 연구가인 와다 요시에(和田芳惠)는 '기적의 14개월(奇跡の14か月)'이라고 말한다.

1896년(明治 29년) 25세

1월에 『와카레미치(わかれ道: 갈림길)』을 월간 잡지 『국민지우(國民之友)』

부록에, 『고노코(この子: 이 아이)』를 가정 잡지인 「일본의 가정(日本乃家庭)」에 발표하였다. 그리고 『다케쿠라베』의 발표는 동월 「문학계」에 게재됨으로써 완결되었다. 2월에 『오오츠고모리』를 「태양」에 재수록하고, 『미즈노우에 닛키(水の上日記: 물 위 일기)』를 쓰기 시작했으나 금방 중단하였고, 7월에 단속적으로 썼다. 4월에 『다케쿠라베』를 「문예구락부」에 일괄해서 발표하고, 모리 오가이(森鷗外)와 고다 로한(幸田露伴) 등 대작가의 격찬을 받았다. 6월에 마지막 소설이 된 『와레카라(われから: 나로 인해서)』가, 7월에는 수필 『호토토기스(ほととぎす: 두견새)』가 각각 「문예구락부」에 게재되었다. 여름부터 『일기 무제 그 삼(日記無題 その三)』을 집필하여 가을에 이르렀다. 8월 초순에 건강이 악화하여 절망적이라는 선고를 받았으나, 와카 8수를 「지덕회잡지(智德會雜誌)」에 발표하였다. 9월 9일에는 '하기노샤(萩の舍)'의 와카 모임(歌會)에 출석하였다. 가을에 도쿄(東京) 대학 병원을 소개받아 다시 진단을 받았으나, 절망적인 것이 확인될 뿐이었다. 11월 23일 오전, 어머니와 언니 후지코(藤子), 동생 구니코(邦子)를 남기고 이치요는 사망하였다. 불교의 법명은 지상원석묘엽신녀(智相院釋妙葉信女)이다. 다음 해에 『이치요 전집(一葉全集)』이 간행되었다.